P9-AEU-637

Rafael Argullol

La razón del mal

Rafael
Argullol

La razón del mal

Premio Nadal 1993

Ediciones Destino
Colección
Áncora y Delfín
Volumen 704

Consell de Cent, 425. 08009 Barcelona
Primera edición: febrero 1993
ISBN: 84-233-2290-4
Depósito legal: B. 4.596-1993
Impreso por Printer industria gráfica, S.A.
C.N. II. 08620 Sant Vicenç dels Horts (Barcelona)
Impreso en España - Printed in Spain

A Laura

I

Primero hubo vagos rumores, luego incertidumbre y desconcierto, finalmente, escándalo y temor. Lo que estaba a flor de piel se hundió en la espesura de la carne, atravesando todo el organismo hasta revolver las entrañas. Lo que permanecía en la intimidad fue arrancado por la fuerza para ser expuesto a la obscenidad de las miradas. Con la excepción convertida en regla se hizo necesario promulgar leyes excepcionales que se enfrentaran a la disolución de las normas. Las voces se volvieron sombrías cuando se constató que la memoria acudía al baile con la máscara del olvido. Y en el tramo culminante del vértigo las conciencias enmudecieron ante la comprobación de que ese mundo vuelto al revés, en el que nada era como se había previsto que fuera, ese mundo tan irreal era, en definitiva, el verdadero mundo.

Y, sin embargo, antes de que los extraños sucesos se apoderaran de ella, se trataba de una ciudad próspera que formaba parte gozosamente de la región privilegiada del planeta. Era una ciudad que, a juzgar por las estadísticas publicadas con regularidad por las autoridades, podía considerarse como mayoritariamente feliz. Se dirá que esta cuestión de la felicidad es demasiado difícil de dilucidar como para llegar a conclusiones. Y, tal vez, quien lo diga tenga razón si se refiere a casos individuales. Pero no la tiene en lo que concierne al conjunto. Nuestra época, quizá con una determinación que no se atrevieron a arrogarse épocas anteriores, nos ha enseñado a reconocer los signos colectivos de la felicidad. Por lo demás son fáciles de enunciar y nadie pondría en duda que tienen que ver con la paz, el bienestar, el orden y la libertad. La ciudad se sentía en posesión de estos signos. Los había conquistado tenazmente y disfrutaba, con legítima satisfacción, de que así fuera.

Naturalmente también tenía zonas oscuras, paisajes enquistados en los repliegues del gran cuerpo. Pero ¿qué ciudad, entre las más dichosas, no los tenía? Eso era inevitable. No alteraban la buena apariencia del conjunto. Hacía ya tiempo que se sabía que los focos malignos debidamente sometidos a la salud general perdían eficacia e incluso, bajo la vigilancia de un riguroso control, podían ejercer una función reguladora. Por fortuna habían quedado muy atrás las inútiles aspiraciones que pretendían extirpar todas las causas del desorden social. Una ciudad ecuánime consigo misma sabía que la justicia ya no consistía en hurgar en las heridas sino en disponer del suficiente maquillaje para disimular las cicatrices.

Si el ojo de un dios centinela de ciudades hubiera posado su mirada sobre ella seguramente habría concedido su aprobación: la ciudad creía haberse hecho merecedora de un honor de este tipo en su afanosa búsqueda del equilibrio. Orgullosa de su antigüedad se había sumergido con entusiasmo en las corrientes más modernas de la época. Pobre, y hasta miserable, durante siglos había sabido enriquecerse sin caer en la ostentación. Abierta y cosmopolita, había conservado aquellos rasgos de identidad que le permitían salvarse del anonimato. Al menos esto es lo que opinaban muchos de sus habitantes y bien podría ser que, en algún sentido, fuera cierto. Antes, claro está, de que las sombras de la fatalidad se arremolinaran sobre su cielo dispuestas a soltar su inquietante carga.

Antes de que esto sucediera la vida circulaba con fluidez por las venas de la ciudad y nada presagiaba ningún cambio. Un análisis clínico hubiera reconfortado al paciente con resultados tranquilizadores. Los datos se ajustaban a las cifras de referencia. Algunos coeficientes presentaban pequeñas oscilaciones hacia los máximos o los mínimos aconsejables pero, más allá de estas ligeras anomalías, susceptibles de ser corregidas con facilidad, el balance reflejaba una incuestionable normalidad. Y este diagnóstico de normalidad, pensaban casi todos, debía ser mantenido a toda costa.

Verdaderamente no había ningún motivo importante para el desasosiego. Las crónicas del pasado no contenían momentos similares. Se pronunciaban sobre hambre, guerras y agitaciones. Si juzgamos por ellas, la ciudad había sido, con pocos intervalos, un permanente escenario cruento donde el odio se había cobrado innumerables víctimas. Ideas y pasiones habían ensangrentado las calles. Pero todo esto parecía pertenecer a un tiempo muy remoto. No, quizá, en la distancia de los años aunque sí en la disposición del espíritu. El espíritu de la ciudad, libre al fin de aquellas penurias depositadas en los libros de historia, había apostado por una paz duradera y, lo que era más decisivo, había ganado la apuesta.

Palabras como normalidad, paz, felicidad son palabras honorables que insinúan valores honorables, pero en la realidad de los hechos cotidianos, ¿cómo forjarnos una imagen de ellas? La respuesta es, lógicamente, compleja, si bien se puede aventurar una cierta aproximación a su significado. Emanaban, por así decirlo, de un talante compartido que impregnaba por igual a los que gobernaban y a los gobernados y que, en su raíz última, sólo había podido originarse con el nuevo curso de los tiempos. Había sido necesario dejar definitivamente atrás la época de las grandes convulsiones para que se impusiera este talante innovador. Los que habían reflexionado sobre ello, y eran muchos, consideraban que era una conquista irreversible.

Según este talante era prioritario que la ciudad mantuviera una apariencia de armonía, independientemente de los desarreglos ocasionales que pudieran producirse. Nadie dudaba de que se producían, con molesta insistencia, todos los días y en numerosos rincones. No obstante, esto formaba parte de las reglas del juego y no debía producir ninguna zozobra. Lo importante es que otras reglas, mucho más imprescindibles, dictaminaban que los males particulares quedaban disueltos en el bien común. Podían registrarse repentinos corrimientos de tierra, y de hecho era inevitable, pero esta circunstancia no debía afectar a la solidez del edificio. No se descartaba cualquier tipo de movimiento con tal de que la apariencia fuera de inmovilidad, del mismo modo en que no se negaba al subsuelo su capacidad para albergar conductas desviadas con tal de que fueran las conductas virtuosas las que se presentaran a la luz pública. La ilusión de lo sólido, lo inmóvil y lo luminoso era la mejor terapia para que la ciudad se curara instantáneamente de cualquier herida. Que todo aconteciera bajo la bruma de que nada imprevisto acontecía era un principio exquisito para el mantenimiento de la estabilidad. Éste era el talante de la ciudad y, para sus más complacidos moradores, el arte más preciado al que se podía aspirar.

Por lo demás la ciudad era similar a otras ciudades prósperas de la región privilegiada del planeta. La originalidad había sido sacrificada con gusto en el altar del orden, aunque visto desde otro ángulo, se había descubierto que lo auténticamente original era la ausencia de originalidad. Alguien, por aquellos días, resumió este fenómeno aludiendo al profundo cambio de hábitos que se había producido en la lectura de los periódicos. En todas las ciudades en las que predominaba la común esperanza en la paz perpetua la lectura de los periódicos continuaba siendo un ejercicio masivo, pero se había modificado la forma en que se realizaba tal lectura. A diferencia de lo que ocurría en el pasado ahora la inmensa mayoría de los lectores se sumía en las páginas de su diario favorito empezando por el final y siguiendo un recorrido inverso al propuesto por el periódico. Así, dado que todos los periódicos estaban ordenados de la misma manera, el lector satisfacía su apetito cotidiano abordando, en primer lugar, las secciones que le eran de mayor interés, postergando para las breves ojeadas finales aquellas otras secciones que apenas contenían aportaciones interesantes.

Comenzaba su tarea informándose de las últimas vicisitudes de los personajes considerados socialmente relevantes. A continuación repasaba los programas que podría elegir en su televisor. Seguía su periplo a través de las páginas económicas y deportivas, a las que prestaba una particular atención. Finalmente leía con ansiedad y detenimiento los informes meteorológicos. En esta sección se acababa lo que podría ser catalogado como trayecto de alto interés. Dependiendo de los días, y de las expectativas de ocio nocturno, también la cartelera de espectáculos se incorporaba a este trayecto. A partir de este punto, y siempre de atrás adelante, el resto del periódico era un puro trámite que, o bien era cumplido con cierta desgana, o bien se posponía para otro día, con el convencimiento de que cualquier día era igualmente representativo. No es que no merecieran cuidado los hechos de la política local, pero se tenía la certidumbre de que todo lo que pudiera suceder ya era sabido de antemano y de que las pequeñas sorpresas podrían ser detectadas fácilmente con la mera lectura de los titulares. De otra parte, tampoco se despreciaba lo que pasaba en el exterior, aunque también en este caso era difícil eludir el sentimiento de reiteración pues, día tras día, mientras una parte del mundo insistía en el perfeccionamiento de los dispositivos que regían la paz perpetua, la otra parte se repetía a sí misma aportando guerras y revueltas incomprensibles en países de nombres igualmente incomprensibles.

Podría resultar peregrino que los propietarios de los periódicos, sabedores de la nueva forma en que eran consumidos sus productos, no hubieran invertido, ellos también, el orden de las secciones. Desde una perspectiva de estricta funcionalidad lo natural es que hubieran dispuesto esta inversión para facilitar el acceso del público a sus diarios. Negarse a hacerlo era la consecuencia de una concepción sutil, y asimismo lógica, de la sociedad moderna. El peso de la tradición aconsejaba mantener el orden acostumbrado de las secciones pues se entendía que, precisamente, para una sociedad que tenía tal vocación moderna el recurso a lo tradicional era, de modo inconsciente, un certificado de seguridad. Había, sin embargo, una razón más perentoria cimentada en una visión estrictamente política del problema y que podía sintetizarse así: en las sociedades contemporáneas lo que aparecía como decisivo estaba camuflado y lo que aparecía como interesante no era decisivo. De acuerdo con este argumento los propietarios conservaban la primera parte de sus periódicos para lo decisivo y la segunda para lo interesante. Quizá había un tercer motivo, más ligero pero no falto de astucia, que apoyaba aquel orden de las secciones. Los dueños de los diarios pensaban que tal vez así se cultivaba un inocuo inconformismo de los lectores, los cuales, al invertir la lectura de los periódicos, se sentían partícipes de una inofensiva transgresión con respecto a lo que el poder reclamaba de ellos.

Como quiera que fuera, la perspicacia de aquel agudo observador que resumió la existencia social a través del procedimiento de lectura de los periódicos era incuestionable. Los ritmos internos de la ciudad traducían a gran escala las páginas impresas en las secciones que apasionaban a los lectores. Se trataba, evidentemente, de los grandes ritmos. Un amor sin importancia, una decepción sin importancia o un crimen sin importancia eran minúsculos latidos que repercutían, cierto, en sus protagonistas, pero que no afectaban al pulso de la ciudad. Éste se medía sólo con los grandes ritmos, que eran los que realmente involucraban a las miradas de los ciudadanos.

También el ojo del hipotético dios centinela

de ciudades se hubiera involucrado con ellos, deleitándose en la contemplación del remolino gigantesco que arrastraba muchedumbres de un extremo a otro, vomitándolas en plazas, estadios y avenidas para, a continuación, disolverlas en el poderoso hueco de la noche. Para ese supuesto escudriñador divino la imagen del remolino debía poseer, con toda probabilidad, una fuerza majestuosa. No se equivocaba: la rutina de las multitudes era majestuosa y desde este elevado punto de vista la ciudad funcionaba como un maravilloso engranaje de relojería que nunca fallaba. Cada día, a la misma hora, se ponía en marcha el mecanismo y cada día, a la misma hora, se detenía. Atendiendo a los grandes números entre ambos momentos todo sucedía con meticulosa reiteración. El asfalto era testigo de una ceremonia infinitamente repetida. Esto era válido para los días laborables pero también para los festivos, con la única diferencia de que en estos últimos el gran engranaje, cambiando automáticamente de registro, cumplía su ciclo con un peculiar movimiento de rotación que se iniciaba con una expulsión masiva de ciudadanos y terminaba con una invasión masiva de esos mismos ciudadanos.

De hacer caso a los más pesimistas, el pasatiempo favorito de ese dios curioso no podía ser otro que la entomología. La ciudad le ofrecía, a este respecto, todos los alicientes de un enorme panal o de un bullicioso hormiguero. Sin embargo, los seres observados por el eventual entomólogo no tenían demasiada conciencia de su condición. Más bien, al contrario, hubieran protestado airadamente contra esta equiparación. Se consideraban libres y estaban acostumbrados a oír en boca de sus dirigentes que jamás había habido seres tan libres como ellos. Para las voces más críticas esto no era suficiente: para ellas los ciudadanos, a pesar de su plena libertad de elección, habían perdido el gusto de elegir. Se conformaban con escasas opciones monótonamente compartidas como si, acobardados por la abundancia que veían en ellas, se hubieran olvidado de todas las demás. A causa de esto su comportamiento se acercaba mucho al de los animales menos imaginativos. Pero ellos lo ignoraban o fingían ignorarlo. Y todos los indicios apuntaban a que ésta era la fuente de su felicidad.

Esta opinión corrosiva, dictada por el pesimismo, tenía, no obstante, pocos valedores. La gran mayoría, que era por la que en definitiva se advertía el pulso de la ciudad, tenía un alto concepto de su existencia y, de estar en condiciones para hacerlo, así se lo hubiera hecho ver al vigía divino: aquel en el que vivían no era el más perfecto pero sí el mejor de los mundos posibles. Esta convicción estaba tan arraigada que bien podría considerársele el lema favorito que, en otros tiempos, hubiera sido esculpido en los pórticos de acceso a la ciudad.

Por eso cuando hizo acto de presencia un mundo que distaba de ser el mejor de los mundos posibles, la ciudad lo recibió como si, inopinadamente, hubiera sufrido un mazazo demoledor. Descargado el golpe, lo que sucedió después predispuso al advenimiento de un singular universo en el que se mezclaron el simulacro, el misterio y la mentira. En consecuencia se rompieron los vínculos con la verdad y, lamentablemente, el dios centinela de ciudades, el único en condiciones de poseerlos todavía, nunca ha revelado su secreto.

II

Al principio nadie dio importancia al hecho. Tampoco Víctor, pese a que, involuntariamente, fue uno de los primeros que estuvo en condiciones de dársela. No prestó demasiada atención al comentario de David.

—Esta semana hemos tenido mucho trabajo en el hospital.

Lo cierto es que David no insistió ni añadió nada más. Un pequeño comentario de este tipo no parecía ofrecer mayores perspectivas. La conversación estaba dedicada a otros asuntos y, sin dilación, volvió a ellos. A Víctor le gustaba conversar con David. Llevaban años haciéndolo, con ese almuerzo semanal en el París-Berlín que había acabado convirtiéndose en un rito. Y eso que David era poco hablador. Formaba parte de esta especie masculina que, con el paso del tiempo, restringía el uso de la palabra hasta llegar a lo estrictamente imprescindible. Quizá era esto lo que hacía conservar en Víctor el atractivo de escucharle. Por otra parte, como ellos mismos decían, su relación era ya inmemorial. Hacía tanto tiempo que se conocían que habían olvidado cuándo se conocieron. Esto, en su caso, facilitaba el diálogo. No hacían falta preámbulos y aclaraciones. Sabían a la perfección lo que les unía y lo que les diferenciaba. Sin la existencia de equívocos cada una de sus citas era un capítulo más de una misma conversación.

De todos modos no dejaba de ser, la suya, una relación especial. Sólo se veían, con rigurosa puntualidad semanal, en el París-Berlín. Nunca en otro lugar ni en compañía de otras personas. En otra época lo habían intentado, sin resultado. Mezclaron amigos y mujeres. No funcionó. Pronto desistieron. Habían llegado tácitamente a la conclusión de que su amistad era de aquellas que soporta mal la mezcolanza y las intromisiones. Una amistad sin espectadores. A no ser que lo fueran indirectos como lo eran los otros comensales del París-Berlín.

Era un lugar que contribuía al mantenimiento de su intimidad. El París-Berlín era un restaurante sin pretensiones, de aquellos en que los platos del día todavía se apuntaban en la puerta de cristal de la entrada. La comida era buena, aunque algo severa y, desde luego, alejada de toda sofisticación. La única sofisticación del París-Berlín era su nombre cosmopolita, cuyo origen nadie sabía explicar. Como consecuencia, la clientela tampoco era sofisticada. La mayoría tenía aspecto de viajante de comercio y esto chocaba un poco en una época en la que, precisamente, los viajantes de comercio trataban por todos los medios de disimular su aspecto. Como es lógico se hablaba principalmente de negocios. También de deportes y, algo menos, de aventuras eróticas. Sin embargo, reinaba una modesta discreción, como si los clientes se hubieran puesto de acuerdo en respetar la austeridad del restaurante. David y Víctor siempre ocupaban la misma mesa, reservada para ellos todos los miércoles.

A excepción de estos encuentros, que ambos perpetuaban con evidente cuidado, sus vidas habían tomado derroteros muy distintos. David Aldrey siempre había sido un sedentario. Nunca le había gustado demasiado viajar, y había acabado por odiarlo. Llevaba una existencia meticulosa que transcurría entre su casa y el hospital. Decía amar a su mujer y a su hijo adolescente a los que veía por las noches, del mismo modo en que decía soportar a sus enfermos, a los que dedicaba los días. Todo el mundo afirmaba de él que era un psiquiatra muy competente aunque poco espectacular y, quizá, excesivamente tradicional. Era difícil saber qué era lo que se quería indicar con tales afirmaciones, pero era cierto que el doctor Aldrey tenía una visión tradicional y poco espectacular del dolor: lo detestaba. Por eso no estaba contento con su profesión. En cualquier caso tampoco era de los que creía que uno tomaba una profesión para estar contento. No veía que hubiera relación o, al menos, no se lo preguntaba. Había escogido en su juventud y era suficiente. La familiaridad con la locura le había quitado las ganas de interrogarse sobre su propio destino. Cumplía a secas con él.

Víctor Ribera envidiaba secretamente esta faceta de su amigo. A él le ocurría lo contrario: se interrogaba demasiado. No estaba seguro de nada. Nunca lo había estado y cuando repasaba lo que había sido su vida, lo cual trataba de evitar, encontraba confirmación a sus dudas. Tampoco creía cumplir un destino pues, para que esto fuera así, hubiera sido imprescindible que una fuerza exterior lo cegara, arrastrándole hacia adelante. No lo había conseguido. De ahí que hubiera tenido que cambiar continuamente de escenario. Sucesivos países, sucesivos amores: estaba cansado. El cansancio había aparecido súbitamente y desde entonces no lo había abandonado. Las excusas se agotaban. Le quedaba la fotografía, su trabajo, pero sentía que también éste se agotaba.

Es verdad que su última exposición había sido un éxito notable. Sin embargo, para Víctor era como la gota que faltaba para colmar el vaso. El día de la inauguración sintió náuseas, lo que demostraba que se desvanecía el último vestigio de vanidad. El resultado era intolerable porque afectaba, además de a la mente, al estómago. Se vio como un perfecto payaso en medio de la gente que atiborraba la sala. A nadie le importaban sus fotografías. A él tampoco. De lo que más se arrepintió es de haber puesto aquel título solemne y ridículo: El Instante Decisivo. ¿Para quién era decisivo? Para nadie. Miraba de soslayo su colección de caras tensas mientras oía el estruendo de risas a su alrededor. No tenía ningún sentido. El paracaidista a punto de lanzarse, el atleta justo antes de empezar la carrera, el cirujano blandiendo el bisturí: había tenido la pretensión de atrapar con su cámara momentos únicos. Pero, allí colgados, eran momentos completamente falsos. En lugar de rostros concentrados en el supremo esfuerzo eran rostros cansados. Él les había transmitido su cansancio. Sentía que tenía razón en envidiar la sosegada energía de David.

Aquel miércoles se despidieron como lo hacían todos los miércoles. Sabían que durante siete días no tendrían la menor noticia el uno del otro y que a la semana siguiente, puntualmente, se reanudaría esa conversación que, casi como un milagro, se mantenía imperturbable desde hacía años. Sabían que, entretanto, el mundo no cambiaría y que, consecuentemente, tampoco ellos lo harían. Pero se equivocaban.

Al cabo de los siete días preceptivos, cuando se reunieron de nuevo, el París-Berlín ofrecía el aspecto habitual. Poco importaba que algunos clientes hubieran cambiado: las caras eran las mismas. Los gestos y los diálogos, también. En esta ocasión predominaban los comentarios sobre un trascendental partido de fútbol celebrado el domingo anterior y ello daba lugar a análisis divergentes. Los camareros, con sus chaquetas blancas algo raídas, aunque conservando el decoro que proporcionaban largos años en el oficio, se movían de mesa en mesa dejando caer, esporádicamente, sus propios comentarios. Era lo acostumbrado. Durante su almuerzo la conversación entre David y Víctor circuló, asimismo, por los cauces acostumbrados. Únicamente cuando ya estaban tomando el café David aludió a algo que parecía preocuparle:

—¿Recuerdas que el otro día te dije que en el hospital teníamos mucho trabajo?

—Sí —contestó Víctor recordando vagamente.

—Pues esta última semana ha aumentado todavía más.

Víctor miró fijamente a su amigo. No adivinaba qué era lo que quería decirle.

—Quizá sea una mala racha.

Es lo único que se le ocurrió decir. Entonces advirtió que David estaba algo pálido. Lo encontró más viejo, aunque era absurdo que hubiera envejecido de una semana a otra. La vejez no aparecía de golpe. ¿O podía ser que sí? Su compañero le interrumpió:

—Es posible. Pero empieza a ser excesivo.

Víctor notó que David quería hablar de su trabajo. Era raro. Casi nunca lo hacía. Preguntó:

—¿A qué te refieres?

—La semana pasada hubo cincuenta ingresos. Ésta, más de un centenar. El hospital está lleno. Lo mismo sucede en los otros hospitales. Y en las clínicas. Nadie lo entiende.

—Pero, ¿quiénes son los que ingresan? ¿De qué se trata?

David se tomó un tiempo antes de responder. Sorbió los restos de su café.

—La verdad es que no sabemos de qué se trata —dijo, mirando al fondo de su taza—. No tenemos ni la más remota idea. Al principio, cuando se presentaron los primeros casos aislados, sí creíamos saberlo. Neurosis depresivas que no tenían nada de extraordinario. El problema vino después. El número de casos era ya demasiado grande. Las características de los enfermos han acabado de desorientarnos.

Víctor sabía que David era poco partidario de las fáciles alarmas, y aún menos como médico. Pero, por primera vez en su vida, lo veía alarmado.

—¿Cuáles son estas características?

David casi no le dejó terminar su pregunta.

—Todos los casos parecen calcados. Cuando llegan al hospital presentan ya síntomas graves. Nos los traen sus familiares y siempre dicen lo mismo: han intentado cuidarlos en casa pero no aguantan más. No comprenden lo que les ha sucedido, así de repente, de la noche a la mañana, sin que antes hubieran podido advertir nada. Eran muy normales. Los familiares insisten en eso: eran muy normales. De pronto cambiaron. Se mostraron indiferentes. Perdieron el interés por todo. Sus familias dejaron de interesarles y sus trabajos, también. Ellos mismos dejaron de prestarse atención. Se abandonaron por completo. Olvidaron toda actividad. Incluso era difícil lograr que comieran. Cuando nos los traen su apatía es total. Los que nos los traen están desesperados. Repiten una y otra vez: eran muy normales. Siempre habían sido muy normales.

Encendió un cigarrillo y aspiró a fondo el humo. También hablaba para sí mismo:

—Lo cierto es que así parece ser. A ellos no les sacamos nada, pero los historiales que hemos reunido por boca de los familiares lo confirman. Ninguno de ellos tiene antecedentes que puedan hacer imaginar lo que les pasa. Más bien, al contrario, todos llevaban una vida bastante satisfactoria. O, al menos, ésta es la información que nos dan sus familiares.

—¿Y tú les crees?

—En cierto modo sí. Hasta ahora, como puedes figurarte, no hacía mucho caso de las opiniones de los familiares. Esto es distinto. Tengo mis reservas pero los creo. Creo que los enfermos con que tenemos que vernos las caras eran personas sin inclinaciones neuróticas aparentes. Llevaban una vida que todos consideraban normal. Es el único dato que hemos obtenido. Es el único rasgo común. Todo lo demás es diferente: diferentes clases sociales, diferentes profesiones, diferentes edades. Hombres y mujeres indistintamente. Algo inaudito.

—¿No hay ninguna explicación? —aventuró Víctor.

—Yo no logro tener ninguna —replicó David—. Es como una epidemia.

—Esto no tiene sentido.

—No, no lo tiene, pero no encuentro otra palabra. ¿Cómo calificarías tú al hecho de que, repentinamente, centenares de personas se vuelvan apáticos por completo? ¡Y pueden ser muchos más! Los hospitales están repletos pero imagínate lo que está sucediendo en las casas. A nosotros sólo nos llegan los enfermos que en las casas se hacen insoportables. ¿Cuándo llegarán los otros? ¿Cuántos hay? ¿Cuántos habrá? No lo sabemos. Claro que es una tontería hablar de infección pero lo que actúa, que no sé lo que es, actúa como una infección.

Víctor miró fijamente a su compañero de mesa. Soltó:

—O una maldición.

Sabía que esto agrediría al racionalista que habitaba en David Aldrey. Éste reaccionó, aunque sin demasiado convencimiento:

—Yo debo prohibirme calificaciones de este tipo. Sería lo peor que podríamos hacer.

Sin embargo, bajando la voz, añadió:

—Reconozco que lo parece.

Estuvieron en silencio durante un buen rato. David miró su reloj con un gesto de impaciencia.

—¿Tienes que irte?

—Sí.

—Dime antes qué piensas hacer.

—No lo sé. Supongo que se trata de trabajar para acabar con esto.

—Pero, David, ¿qué es esto?

El doctor Aldrey alisó el mantel con un movimiento mecánico. Víctor temió que no iba a contestar. Lo hizo:

—Por el momento es imposible saberlo. Parece que hayan perdido completamente las ganas de vivir. No les queda ni una sombra de voluntad. Si fuera filósofo o sacerdote quizá diría que es como si sus almas hubieran muerto.

—¿Tú crees en el alma?

David sonrió ligeramente:

—Tan poco como tú.

Tras abandonar el restaurante Víctor Ribera tomó un taxi para trasladarse a la galería donde tenía lugar su exposición. Estaba situada en la parte baja de la ciudad. Durante el trayecto procuró olvidar las informaciones que le había proporcionado David mirando a través de la ventanilla del coche. No era difícil conseguirlo: hacía una bella tarde de otoño, las calles estaban muy concurridas, con ciudadanos que se desplazaban de un lado a otro con propósitos al parecer muy determinados, y la radio del taxista emitía un programa en el que una voz femenina lanzaba consejos sobre los más distintos aspectos de la vida. Todo, pues, seguía su curso. Ninguna alteración, ningún desajuste. Las horas se deslizaban imitando sin pudor a otras horas de cualquier otro día.

En el interior de la galería también todo se confirmaba. Allí estaban sus fotografías, suspendidas en las paredes como abruptos accidentes que hubieran brotado en la blancura deslumbrante de una sala demasiado iluminada. Había tres o cuatro espectadores que deambulaban ante las imágenes con aquella peculiar actitud que caracteriza a los visitantes perdidos en una galería a media tarde. Víctor se preguntó qué hacían allí. No se contestó y se introdujo rápidamente en la oficina que estaba al fondo de la sala. Una secretaria le atendió con amabilidad, poniéndole al corriente de ventas y críticas. Dijo que el propietario de la galería estaba satisfecho con lo que se estaba consiguiendo. Víctor estuvo unos minutos ojeando los papeles que le había tendido la secretaria: reseñas, facturas y alguna que otra carta. Luego se los devolvió y se despidió.

A la salida de la oficina vio con alivio que habían desaparecido los espectadores. Pasó sigilosamente por delante de sus obras, y en aquel momento recordó la creencia, compartida por muchos, de que la fotografía lograba congelar el paso del tiempo. Y supo que no era verdad. A sus espaldas sintió las miradas de aquellos hombres que él había grabado para una supuesta eternidad. Le reprochaban su mentira. No se atrevió a mirar sus miradas porque estaban en lo cierto. Él, cuando los fotografió, nunca pensó en ellos. No le importaban. Los sacrificó para obtener su piel reluciente y ofrecérsela al público, como un trofeo. Los nombres de las víctimas se habían desvanecido en su memoria. Más allá de su presencia en las fotografías eran sólo cadáveres abandonados en una fosa común.

Se detuvo, antes de dejar la galería, al lado del atril sobre el que se sostenía el libro de firmas. Éste era siempre el testimonio más curioso de toda exposición. A Víctor le encantaba lo que consideraba una estúpida costumbre. Conocía bien la composición de estos libros en los que las páginas de escuetos elogios o insultos se alternaban con extensas consideraciones de todo tipo. Lo que leyó no era una excepción. Las frases de admiración eran educadamente torpes mientras las de agresión, convenientemente hirientes. Siempre sucedía lo mismo: el estilo del insulto era más meditado y brillante que el del elogio. Las largas reflexiones eran el fruto de los que se tenían por expertos en la materia o, simplemente, de los aficionados a los libros de firmas. Había auténticos especialistas que recorrían exposición tras exposición para dejar sucesivas huellas de su maestría literaria. Invariablemente, en todas las ocasiones, había alguien que escribía: me ha gustado pero no sé para qué sirve. Y asimismo invariablemente, según Víctor sospechaba, esta mano anónima lograba, con tan pocas palabras, resumir la opinión general.

Cuando salió de la galería la luz del atardecer era ya muy débil. Había refrescado pero el ambiente era agradable. Víctor se entretuvo observando los escaparates añejos de pequeños comercios que salpicaban las callejuelas del barrio antiguo. Allí se conservaban restos de otras épocas, si bien al lado de la amarillenta tienda de comestibles o del minúsculo taller habían empezado a emerger modernos reductos dedicados al negocio del arte o de la decoración. No obstante, a pesar de esta imparable invasión de la estética más avanzada, todavía las calles rezumaban el sabor rancio de viejas presencias.

Víctor dejó que transcurriera el tiempo extraviándose por calles que, aunque conocía desde siempre, siempre lograban desorientarle. Era un entretenimiento inofensivo y gratificante al que se sometía con cierta frecuencia. A medida que aumentaba la oscuridad los transeúntes se hacían más escasos. Los días, en pleno otoño, eran cortos y las calles se vaciaban antes. Los ciclos de la ciudad se cumplían meticulosamente y el mero hecho de comprobarlo disolvía cualquier sombra de turbación. Víctor se había convencido, casi por entero, de ello cuando, súbitamente, una figura se interpuso entre él y su calmada conciencia de reiteración.

Surgió como surgían los vagabundos: como una generación espontánea de la penumbra. Pero no era un vagabundo. Sus ropas lo demostraban. Por su apariencia en nada se diferenciaba de tantos ciudadanos que exhibían su pulcro bienestar por las aceras de la ciudad. Tras un examen de su indumentaria se deducía de inmediato que se había enfundado el uniforme mayoritario. Y esto era lo sorprendente. Ese tipo de abrigo, ese tipo de traje, ese tipo de corbata: la posesión del uniforme mayoritario implicaba, al mismo tiempo, la posesión de un rumbo. Era inimaginable que esta especie de ciudadano no supiera hacia dónde dirigía sus pasos. Lo sorprendente era, de pronto, la irrupción de un ejemplar que desmintiera esta regla.

Víctor tuvo inmediatamente esta impresión cuando el recién aparecido casi se abalanzó sobre él. La figura se detuvo a escasa distancia, de modo que sus cabezas quedaron separadas únicamente por un par de palmos. Apresado en el inevitable cruce de miradas Víctor sintió que un frío repentino se apoderaba de su cuerpo. Instantáneamente supo que el origen de esta sensación debía buscarlo en sus ojos, en los que convergían todas las líneas de una cara velada por la oscuridad. Eran unos ojos opacos, sin brillo, portadores de una repulsión anclada en fondos lejanos. Causaban repugnancia. También pedían, aunque de un modo indefiniblemente desagradable, piedad. Víctor reaccionó ante ambos estímulos. Primero, con un movimiento defensivo de repliegue sobre sí mismo, tratando de esquivar aquellas pupilas obsesivamente fijas. Luego, sobreponiéndose y obligándose a una solidaridad que le costaba experimentar:

—¿Le ocurre algo?

Los ojos contrarios no sufrieron cambio alguno. Tampoco obtuvo respuesta. Insistió:

—¿Está usted enfermo? ¿Puedo hacer algo por usted?

Insistió sin ganas, no esperando nada y no consiguiendo nada. El silencio del hombre no contribuyó a disminuir su tensión. Eran los ojos de un idiota en los que, tras una capa de desesperación, se insinuaba un hiriente atisbo de desinterés. A Víctor le pareció que en ellos, junto a la demanda de piedad, aparecía una oferta de burla y, por un momento, pensó que lo mejor era desembarazarse de aquel molesto interlocutor, abriéndose paso a empujones. Pero no tuvo necesidad de seguir este propósito pues, por fin, el hombre, desviando la mirada hacia otra dirección, se apartó de él, caminando cansinamente algunos metros. Víctor continuó observando la conducta de aquel bulto vacilante, indeciso entre mantener un camino o pararse. Lo vio, por último, detenerse ante la persiana metálica de una tienda. Allí, siempre de espaldas a él, permaneció inmóvil durante un rato. El suficiente como para que Víctor decidiera dar por finalizado el encuentro, alejándose rápidamente del lugar.

Cenó en casa de Ángela, como hacía, cada vez con mayor frecuencia, en los últimos tiempos. En un principio, cuando llevaban pocos meses juntos, recurrían mucho a los restaurantes. Luego, casi inevitablemente, se impuso el criterio de Ángela. Prefería cenar en su casa, reservando los restaurantes para los días señalados. Así, decía, se sentía más a gusto. A Víctor le era indiferente, aunque, sin confesarlo abiertamente, se había adaptado con facilidad a las costumbres que, sin exigencias, Ángela le iba imponiendo. Mantenía todavía la pequeña independencia de vivir en su propia casa, pero sabía que estaba dispuesto a renunciar en cualquier momento a esta pequeña independencia. Ángela, sin pedírselo, lograría que él mismo lo propusiera. Ésta era su fuerza: una fuerza tan sutil que actuaba sin que, aparentemente, ello fuera en detrimento de la de Víctor. Éste no percibía nunca la sensación de hacer algo en contra de su voluntad y en ello, precisamente, se cumplía la voluntad de Ángela.

Por lo demás éste era un reto que Víctor comprendía y aceptaba. En otra época de su vida quizá se hubiera resistido. Ahora no veía razón para ninguna resistencia. Tampoco se preguntaba de qué modo amaba a Ángela. Esta pregunta la había dejado atrás, unida a tiempos y mujeres anteriores. Ya no tenía sentido, y el haber llegado a esta conclusión había tenido efectos benefactores. Se había deslizado hacia la atmósfera creada por Ángela como si ésta fuera la única atmósfera en que se pudiera respirar. No era por tanto una cuestión de amor sino de respiración. Y siendo así el poder de Ángela era irresistible. Había experimentado demasiado el aire enrarecido de los grandes amores inútiles. Con Ángela respiraba, y el resto poco importaba.

Durante la cena Ángela le habló de su trabajo en el taller de restauración. Había recibido una pintura representando a Orfeo y Eurídice escapando del infierno. Un cuadro enorme, aunque muy deteriorado, que requeriría meses de cuidadosa labor. A pesar de todo el tema la entusiasmaba. Víctor le pidió detalles sobre la obra y prometió pasar a verla.

—Sólo más adelante, cuando esté presentable —dijo Ángela.

Después de la cena Víctor estuvo tentado de contarle su conversación con David y su encuentro con el individuo de ojos muertos. Sin embargo, se contuvo. Algo en su interior se negó a explicar lo que todavía carecía de explicación. Después de todo quizá sólo se había tratado de una jornada de sombrías coincidencias. Prefirió escuchar, de nuevo, a Ángela mientras hablaba de su ilusión favorita de los últimos días. Ese viaje que debía conducirles a una zona mágica donde los viajeros, al parecer, tenían el deseo de quedarse para siempre. Según los informadores de Ángela en esa región la vida era todavía tan placentera que era imposible sustraerse a su magnetismo. Los que la habían conocido se prometían a sí mismos volver para quedarse. Víctor la escuchaba con complacido escepticismo, dejándose contagiar con la idea de un paraíso escondido.

En realidad esto era lo que más le gustaba de Ángela: su capacidad para creer en un paraíso escondido. Y para hacerlo creer, desafiando el reducto insolente del cansancio.

III

La sede de *El Progreso* era un imponente edificio de hormigón y cristal que rivalizaba con las mejores construcciones del moderno distrito comercial. Había sido levantado, hacía ya unos años, para albergar las oficinas del gran periódico, pero en la mente de los que lo proyectaron, propietarios y arquitectos, el objetivo era, desde un principio, más ambicioso: la sede de *El Progreso* debía ser un símbolo de la época en el que se encarnaban la unión entre la información más actual y la tecnología más refinada. Los responsables de *El Progreso* presumían de ambas. En consecuencia, también presumían de un poder que pocos discutían aunque del que muchos recelaban. Según su expresión favorita el periódico había acabado por constituirse en un pilar de la sociedad. Y no faltaban argumentos para justificar esta afirmación.

Para acceder a la cumbre de este pilar era necesario superar controles rigurosos, y así cualquier visitante era sometido al interrogatorio de guardias, ordenanzas y sucesivas secretarias. La grandeza del lugar exigía, sin duda, una seguridad igualmente grande. Víctor pensaba, con ironía y fastidio, en este precepto incuestionable mientras se dejaba conducir sumisamente por los largos corredores. Había algo, en aquella ceremonia repetida, que no le disgustaba: gracias a ella se sentía un visitante. Era un colaborador asiduo del periódico pero no formaba parte de él. Era únicamente un visitante.

Finalmente se introdujo en el ascensor acristalado que debía impulsarlo, con áspera velocidad, hacia la cima del rascacielos. Allí, en las alturas, sería recibido por el director. Víctor pulsó el botón y se apresuró a contemplar aquella secuencia de escenas que siempre lograba sorprenderle. El viaje duró pocos segundos, pero fue suficiente para mostrarle, de nuevo, aquel mundo que permanecía completamente ajeno a la luz exterior. El vientre de *El Progreso* era una enorme caverna aséptica atravesada por diminutos pobladores que se movían de un lado para otro. Esparcidos con disciplinada regularidad los puntitos verdes de las pantallas de los ordenadores se asemejaban a luciérnagas acechantes. Aquella mañana, mientras se perdía hacia arriba con una molesta sensación de ingravidez, el hueco interior que acogía a los empleados del periódico le pareció un enorme quirófano. Incluso llegó a convencerse de que el pesado aroma del formol le estaba mareando. El brusco fin del trayecto representó un considerable alivio.

Esperó unos minutos en la antesala del despacho del director. Otra secretaria. En las paredes diplomas, pinturas abstractas y fotografías. Fotografías con autoridades, con catástrofes, con panorámicas urbanas. Dos de ellas eran suyas. Ojeó el periódico del día, sin concentrar la atención en las noticias. Tenía más efectividad sobre sus sentidos la machacona melodía del hilo musical. La secretaria le franqueó la puerta y avanzó hacia el gran ventanal en el que se transparentaba una porción de la ciudad. El director interrumpió su marcha, saludándole amigablemente.

Salvador Blasi, el temido director de *El Progreso,* era un hombre jovial, si bien su jovialidad era, a menudo, una de las formas que adoptaba su astucia. Víctor lo conocía desde hacía más de veinte años y era consciente de las transformaciones que afectaban su vínculo con él. Podían ser viejos y entrañables amigos para, sin transición, convertirse en cordiales conocidos que sustituían la exaltación de la intimidad por la cautela del respeto. Y asimismo podían ser dos extraños que desconfiaban el uno del otro al tiempo que pactaban compromisos profesionales.

—He visto tu exposición. Magnífica —dijo Salvador Blasi ofreciendo un cómodo sillón a Víctor.

—¿Te ha gustado? —preguntó éste.

—Mucho. He comprado media docena de tus

fotografías. Las publicaremos, a toda plana, en el suplemento del domingo. ¿Supongo que ya lo sabías?

—Sí, gracias.

—¿Nos has traído algo? —interrogó el director de *El Progreso*.

—No.

Tras recibir esta respuesta Víctor vio como Blasi miraba disimuladamente su reloj. Comprendió que era uno de esos días en que la amistad no debía entorpecer la eficacia profesional. Se hizo un breve silencio. Blasi lo rompió mecánicamente:

—¿Cómo está Ángela?

—Bien.

Víctor sabía perfectamente que el estado de Ángela no le interesaba en absoluto. La había visto un par de veces y le habían gustado sus ojos el primer día y sus piernas el segundo. Quizá era al revés. Desde luego, no importaba. Decidió lanzarse:

—Mira Salvador, he venido para ofrecerte el único reportaje que quiero hacer en los próximos días. Te consulto para saber tu opinión. Pero ya te adelanto que de todos modos lo haré.

Blasi lo miró con atención. Parecía halagado por la consulta y dubitativo por la advertencia. Pero se esforzaba por mantener la cara que se atribuye a los buenos jugadores de póquer. También Víctor estaba jugando. No quería hacer un reportaje sino que quería información.

—¿De qué se trata, Ribera?

Cuando Salvador Blasi recurría al apellido era porque optaba por la faceta estrictamente profesional. En las otras ocasiones su nombre era Víctor.

—De la epidemia de locura —contestó escuetamente.

Era una provocación. Si *El Progreso* había dado la noticia de un hecho es que este hecho existía. De lo contrario no existía. Era una norma implacable frente a la que no cabían excepciones. Además, en este caso, la solidaridad ante lo inexistente era unánime. Ninguna emisora de radio o televisión, ningún otro periódico, habían otorgado certificado de realidad a algo que, simplemente, era irreal.

—No sé de qué me estás hablando.

Víctor esperaba la respuesta. Escrutó a su interlocutor para tratar de averiguar si mentía. Blasi no movió ni un solo músculo de la cara pero, tras las gafas que le protegían, hubo un ligero parpadeo en sus ojos. Mentía, de eso Víctor no tenía la menor sombra de duda. Lo había sabido de antemano. Era una apuesta segura. Sin embargo, faltaba saber lo más relevante: ¿por qué mentía? La única estrategia posible era atacar con la verdad más ingenua.

—Un amigo, médico, me comentó ayer que todos los hospitales están atestados.

Blasi lo cortó con un ademán:

—Querido Víctor, ¿esto es una noticia? Los hospitales siempre están atestados. No es ninguna novedad.

—Sí, pero esta vez es a causa de una enfermedad singular.

—A estas alturas no creo que pueda haber ninguna enfermedad suficientemente interesante.

Escogía el camino cínico. Con ello Blasi quería dar por sentado que, aunque se viera obligado a entrar en el tema, lucharía lo que fuera necesario para restarle relieve. Víctor se arriesgó:

—Ésta sí es interesante.

Aunque únicamente fuera por cortesía Blasi no podía evadirse. Estaba obligado a solicitar la información que se le ofrecía.

—¿Por qué lo es?

Víctor resumió la conversación que había tenido con el doctor Aldrey, omitiendo, en todo momento, el nombre de éste. Blasi le escuchaba atentamente. Cuando hubo terminado se rió. Su risa delataba cierta tensión.

—Mira, Víctor, el loco debe ser tu amigo. Lo que me has contado no tiene pies ni cabeza. El que haya aumentado el número de chiflados no lo pongo en duda, pero que esto sea una especie de plaga me hace reír. Idiotas siempre los ha habido y los habrá. Lo que no puedo creerme es que, así de repente, media ciudad se vuelva idiota. Sería un hecho incalificable. ¿Tú eres capaz de encontrarle calificación?

—No —reconoció Víctor.

Blasi se sentía seguro. Hizo una concesión:

—Te voy a ser sincero. Algo he oído del asunto y no le doy importancia. Lo hubiera podido sacar en el periódico pero no lo he hecho. Quizá lo haga, aunque como noticia menor. Muy menor. ¿Quieres que siembre la inquietud cuando no hay motivo para ello? Mi periódico siempre ha sido responsable con sus informaciones. No estoy dispuesto a fomentar la histeria por algo tan fantasioso. Si otros quieren hacerlo que lo hagan.

—¿Por qué nadie lo ha hecho? —repuso Víctor.

—Esto no es de mi incumbencia.

Víctor pensó inmediatamente que sí lo era pero se calló. La situación era algo embarazosa: los dos sabían que estaban descontentos el uno del otro. Víctor se levantó para despedirse. Salvador Blasi lo cogió por el brazo y lo acompañó hasta la puerta. Al estrecharse la mano le dijo:

—No pierdas tu tiempo con eso.

—¿Y si la noticia se convierte en mayor? —replicó Víctor.

—No lo creo.

Fueron las últimas palabras de la entrevista. Víctor se metió de nuevo en el ascensor, pero en lugar de descender directamente a la planta baja se detuvo en la quinta. Quería ir en busca del viejo Arias. Era el antídoto idóneo después de hablar con Blasi. El viejo Arias era un satélite extraño en la atmósfera de *El Progreso* y nadie, ni él mismo, sabía muy bien cómo había ido a parar allí. Era un periodista chapado a la antigua al que no le ofendía el sobrenombre, mitad despectivo, mitad afectuoso, con que muchos le conocían: el perro callejero. Durante una buena parte de su vida había pateado las calles de la ciudad en busca de sucesos. De él se decía que escribía mal pero husmeaba bien. Ahora el perro había dejado de callejear y esperaba la inminente jubilación arrastrándose entre instrumentos que no comprendía y realizando trabajos que nadie quería realizar. A pesar de todo su olfato le mantenía alerta.

Cuando Víctor lo encontró estaba sentado en su mesa, rodeado de papeles y, aparentemente, en plena confusión.

—Ahora no me interrumpas. ¡Siéntate! —ordenó.

Víctor obedeció. No pudo dejar de sonreír al observar lo que ocurría sobre la mesa. Arias, según pudo deducir, estaba tratando de confeccionar la cartelera de espectáculos. Lo grave es que odiaba todo lo que debía integrar en ella. Odiaba el cine, el teatro, la ópera y cualquier cosa que significara ficción. Y para justificarlo afirmaba solemnemente que él era un amante de la cruda realidad.

Pasaron varios minutos. Por fin Arias levantó la cabeza.

—¿Qué sabes de lo que está sucediendo en los hospitales? —le espetó Víctor.

—Arias no se mostró sorprendido. Únicamente encogió los hombros y dijo malhumoradamente:

—Toda la ciudad se está volviendo imbécil. Y no me extraña viendo estas porquerías.

Señaló la cartelera de espectáculos.

—Pero dime qué es lo que sabes tú —insistió Víctor.

Arias estaba obsesionado con la tarea que se le había encomendado. Para demostrar que la detestaba se puso a leer varios títulos de películas.

—Son infames —añadió.

Cuando acabó de refunfuñar miró de nuevo a Víctor y contestó:

—Lo mismo que sabes tú. Pregúntaselo a tu amigo Blasi. Él sabe más que los dos juntos.

—Salgo de su despacho. Me ha dicho que no tiene importancia. Es una noticia menor.

La expresión de Arias se hizo triunfante. Una vez más se comprobaba la hipocresía de quien le tenía marginado, obligándole a tareas tan indignas como la elaboración de la cartelera. Víctor podía intuir lo que pasaba por la mente del antiguo perro callejero porque ya había escuchado muchas veces su protesta. También se sabía de memoria el resto del razonamiento que transcurría por las maldades del periodismo moderno, por las limitaciones de la vejez y la inminencia de la jubilación. Escuchó pacientemente los improperios y lamentaciones. Como compensación Arias le explicó lo que sabía o, más exactamente, tal como él prefería encabezar sus informaciones: lo que se decía por ahí. Habló en voz baja, para reforzar el tono confidencial:

—No podrán ocultarlo por mucho tiempo. Pronto estallará el escándalo. Hace ya demasiados días que se propagan rumores por todos lados. Incluso aquí en el periódico. El que nadie diga nada demuestra la gravedad de todo esto. Blasi, y los que están conchabados con él, tendrán que ceder. Y cuando se haga público rodarán cabezas.

—¿Quién está conchabado? —preguntó Víctor.

—Todos.

A Víctor no le interesaba hurgar en la supuesta conspiración de silencio. Sospechaba que existía, fuera por evitar la alarma o por cualquier otra razón de índole política, pero, en aquel momento, no era lo que más le importaba. Además, fácilmente Arias, de seguir por este camino, podía presentarse como el principal perjudicado por la conspiración. Procuró desviar la conversación hacia el terreno que le convenía:

—¿Qué opinas de los que sufren esta enfermedad?

—Son unos desgraciados que se convierten en basura humana.

Arias era expeditivo. Lo suyo no era el dominio de los matices. Pero, para Víctor, su experiencia contaba. Tenía la intuición de que el viejo perro callejero había ido en busca de la noticia a pesar de que su hallazgo sólo tendría valor para él mismo.

—¿Los has visto?

—Claro —contestó con evidente orgullo—. He recorrido varios hospitales. Están a rebosar. Toman ciertas medidas para evitar a tipos como yo, pero es fácil colarse. Son locos pacíficos. Están allí, casi sin moverse, con la mirada perdida. No hacen nada raro. A decir verdad, no hacen nada en absoluto. Parece que te miran sin verte. Y hay cientos de ellos.

—Pero tú, ¿cómo te lo explicas?

—No hay nada que explicar —concluyó Arias—. Es así. Debía suceder y ha sucedido.

Era inútil tratar de averiguar por qué debía suceder. Arias, como hombre que detestaba toda ficción, era profundamente fatalista. Él era de los que opinaba que todo estaba previsto y, consecuentemente, todo debía desarrollarse según el guion previsto. Éste era un argumento que, falso o verdadero, era inapelable, y Víctor sabía que era vano intentar desmentirlo porque tampoco él podía oponerle ninguna prueba consistente. Desde siempre el mundo se había dividido entre los que creían en la predestinación y los que hacían caso omiso de ella. Arias era de los primeros, y su prolongada vocación de sabueso le había llevado a corroborar como hechos lo que ya estaba escrito en un todopoderoso código de autor anónimo que a veces, cuando blasfemaba, identificaba con un dios y otras, cuando maldecía, con un demonio.

Víctor, al salir de *El Progreso*, estaba dispuesto a hacer aquel reportaje que, al entrar, todavía no había decidido seriamente. Lo que había constituido una estratagema para atrapar a Blasi se había convertido en una necesidad para liberarse él mismo. Estaba lejos de saber qué era lo que realmente le concernía de todo aquello. Ni siquiera era capaz de dilucidar si estaba o no afectado por la polvareda que se anunciaba en el horizonte. No sabía si se enfrentaba a una tormenta o, simplemente, a un viento pasajero que, tras remover la tierra firme, se disolvería bajo el dominio de la calma. Quizá no hubiera ni una ni otro, ni tormenta ni viento pasajero, y la polvareda, después de todo, no fuera sino un espejismo fomentado por la excesiva bonanza del desierto. Quizá Blasi tenía razón y no debería perder el tiempo con rumores inconsistentes. Se había hecho verdaderamente difícil saber qué significaba perder el tiempo.

Mientras circulaba entre el denso tráfico del barrio comercial puso la radio de su automóvil. Cambió varias veces de emisora buscando los boletines informativos. Tenía la secreta esperanza de que, al fin, se hiciera un claro en la oscuridad. Ningún indicio. Todas las voces confirmaban que nada sucedía. El timbre de las voces era aún más elocuente: nada podía suceder. La existencia era tan sólida e inconmovible como aquellas brillantes arquitecturas que se alzaban en el barrio comercial y daban resplandor a su gran rueda de transacciones.

Al llegar a su casa Víctor examinó rutinariamente el correo. Ninguna de las cartas parecía merecer su atención inmediata. Las dejó sin abrirlas sobre una mesa. Con la misma rutina se dispuso a escuchar los mensajes del contestador automático: el propietario de la galería, Ángela, un empleado de su banco, el jefe de redacción de una revista desconocida y, por último, David. Oír la voz de David le llenó de asombro. Nunca le llamaba. Escuchó por dos veces su mensaje. Le apremiaba a que fuera a encontrarle. Estaría todo el día en el hospital. Víctor cogió una de sus cámaras fotográficas y varios carretes. Súbitamente tuvo la sensación de que la polvareda se acercaba.

El Hospital General era un vasto edificio, con más de un siglo de antigüedad, al que se habían añadido varios pabellones anexos construidos según un estilo estrictamente funcional. Como resultado ofrecía la visión de una mole inmensa y ennegrecida por la humedad de cuyo tronco central surgían, sin ninguna armonía, diversos muñones de hormigón. El interior del conjunto estaba conectado por un intrincado sistema de pasadizos a través del cual, pese a las señalizaciones, lo más corriente era extraviarse.

También Víctor se extravió varias veces antes de llegar a las inmediaciones del pabellón psiquiátrico, situado en uno de los anexos modernos del hospital. En su recorrido no advirtió ningún comportamiento anómalo, con la excepción, tal vez, de un cierto nerviosismo en quienes respondían a sus demandas de información. Le pareció que el número de médicos y enfermeras que se desplazaban de un lugar a otro era inhabitualmente alto. Pero no lo consideró un dato significativo. Sí consideró, por contra, extraño que un discreto retén de la policía vigilara la entrada al pabellón psiquiátrico. Su extrañeza fue en aumento cuando comprobó que no era personal sanitario sino la propia policía quien controlaba el acceso. Instintivamente escondió su cámara debajo del abrigo con la suficiente antelación como para que nadie se diera cuenta de su movimiento. A los policías que lo interrogaron les dijo que el doctor Aldrey le esperaba.

David lo condujo a uno de los minúsculos despachos que se abrían a ambos lados de un corredor, inmediatamente después de la garita de recepción. Antes de ser rescatado por su amigo, Víctor pudo entrever que, en aquella parte del hospital, la densidad de batas blancas era mucho más notoria.

—¿Desde cuándo están? —preguntó Víctor señalando con un gesto a los policías que custodiaban la entrada.

—Desde esta mañana.

—¿Quién los ha enviado?

—El consejo directivo del hospital ha autorizado su presencia. No sé exactamente quién los ha enviado. Qué más da.

Era cierto. Daba lo mismo. En cualquier caso era obvio que la noticia menor empezaba a transformarse, a los ojos de las autoridades, en mayor. Ésta era asimismo la razón por la que le había convocado David.

—Todo esto debe hacerse público —afirmó.

—Ayer no mencionaste esta necesidad —le contradijo Víctor.

David pensó un momento la respuesta. Su aspecto, como siempre, era calmado.

—Es verdad —dijo, al cabo de unos instantes—. Quizá ayer no veía aún esta necesidad. Le he dado bastantes vueltas. Estoy convencido. No ganamos nada ocultándolo. El pánico puede ser mayor si se extienden las habladurías, como pronto sucederá. Es mejor informar de lo que sabemos.

—Sabéis lo que pasa pero no por qué pasa —objetó Víctor.

—Incluso así.

—¿Y no crees que es arriesgado alarmar con la enfermedad sin consolar con el remedio?

Víctor compartía la opinión de su amigo pero recurría al papel de abogado del diablo. Lentamente había brotado en él un temor que le inquietaba más que los hechos mismos: el llegar a aceptar sumisamente lo que a todas luces era inexplicable. Por eso, antes de dar tiempo a la respuesta de David, continuó con otras preguntas:

—Y, además, ¿se trata auténticamente de una enfermedad? Vuestros análisis, ¿han dado algún resultado?

—Llámalo como quieras. Yo, como veo que hay hombres enfermos, lo llamo enfermedad. Reconozco que todos los análisis han sido negativos. Pero eso no cambia las cosas. Ha llegado un momento en que hay que tomar medidas, aunque sigamos trabajando en la oscuridad.

—Supongo que habéis enviado informes al departamento de sanidad.

—Claro. Desde hace bastantes días.

Víctor hizo un gesto de interrogación con la cabeza.

—Está en estudio.

—¿Es una materia reservada?

—No exactamente. Nadie ha dicho que lo sea.

—Entonces, ¿por qué nadie lo ha hecho público?

—No tengo la menor idea.

Una enfermera entró en el despacho para llamar al doctor Aldrey. Cuando estuvo solo Víctor extrajo uno de los carretes del bolsillo de su abrigo y lo introdujo en la cámara. Disparó varias veces y, luego, depositó la cámara sobre una mesa metálica. Transcurrió casi media hora antes de que reapareciera David.

—Perdona. Nuevos ingresos.

Víctor se limitó a señalar la cámara fotográfica y a decir:

—Si me lo permites puedo intentarlo.

Por la noche Víctor entró en el bar, cercano a su casa, al que recurría habitualmente para comidas rápidas. Pidió un plato combinado asimismo habitual. Cuando se lo sirvieron se dio cuenta de que no tenía apetito. Comió muy poco. Bebió rápidamente la cerveza que también había pedido. Luego se hizo servir otras dos, tratando de aplacar la sed que le secaba la garganta. Durante un rato se entretuvo observando a los otros parroquianos. Experimentaba una sensación contradictoria: tenía prisa por llegar a su casa y, al mismo tiempo, trataba de retrasar su llegada. Llamó a Ángela desde el teléfono situado en un extremo de la barra. Aquella noche no podía verla a causa de un trabajo imprevisto que debía realizar. Seguramente le llevaría bastantes horas. No le explicó de qué se trataba. Prefería decírselo de viva voz. Se despidió y volvió a su asiento. El camarero le riñó por su falta de apetito. Le gustó el detalle y estuvo tentado de prolongar la conversación. Pero no lo hizo. Pagó y se marchó, entre elogios a la comida y disculpas por su inapetencia.

Pasó encerrado en su laboratorio toda la noche. Al principio, mientras disponía el material, recordó ciertas ocasiones en que el revelado de sus fotografías le había procurado una especial emoción. Particularmente cuando era muy joven y le parecía que cada fotografía debía estar obligadamente dotada de magia. La captura de una imagen era el secuestro personal de un fragmento de la existencia, y el revelado era la seguridad de su definitiva posesión. Los dos momentos eran satisfactorios, pero lo que en el primero era violencia en el segundo era delectación. Con el transcurso del tiempo estas sensaciones se debilitaron y ahora su memoria, como en las demás facetas de su vida, ejercía una drástica discriminación sobre su trayectoria de fotógrafo. Le devolvía, es cierto, determinados instantes de renovada intensidad, si bien tales instantes llegaban hasta él como si estuvieran flotando en un enorme agujero de ausencia.

Sin embargo, nunca la excitación se había visto acompañada por el temor. Ahora compartía excitación y temor. También un oscuro rechazo por lo que emergería ante sus ojos. Detestaba las piezas que, como un siniestro cazador, había ido cobrando durante su cacería en el hospital y, paralelamente, trataba de librarse de sus escrúpulos declarándose el provecho moral de su misión. Naturalmente esto estaba destinado a tranquilizar su conciencia. Una maniobra, no obstante, a la que se prestaba sin convicción, sabiendo, tal como le hacía saber el instinto, que el deseo de apropiarse de las imágenes capturadas era muy superior al vulnerable poder de las reticencias morales. La posesión del botín, por terrible que fuera, seguía siendo la inclinación más formidable.

La revelación del botín, desgranándose paulatinamente ante su mirada, tuvo para Víctor un efecto narcotizante. Se sentía, en cierto modo, hipnotizado y, a medida que las borrosas siluetas adquirían la consistencia de un mundo real, notaba que la pesadez de sus miembros dificultaban su labor. Le costaba un esfuerzo creciente rescatar nuevas imágenes. Volvía una y otra vez a la cubeta con el creciente hastío de tener que extraer, del fondo del líquido, los restantes episodios de la pesadilla.

Lo más turbador para Víctor es que ésta era una pesadilla distinta. Otras visiones cruzaron su imaginación. Él, durante algunas etapas de su vida, había conocido a fondo el lado más cruel de las cosas. Había fotografiado guerras, quizá intrascendentes pero sanguinarias. Sabía lo que era observar de cerca caras destrozadas y cadáveres mutilados. Había captado con su cámara los diversos decorados del espectáculo de la destrucción. También se había movido entre bambalinas, recogiendo instantáneas de la vertiente menos vistosa y comercial de las guerras, aquella que las revistas gráficas no compraban, alegando que las moradas de la miseria, cuando se repetían demasiado, dejaban de conmover. Víctor creía conocer con cierta intimidad los subsuelos del dolor, a pesar de que se había hartado de ellos y había procurado olvidarlos. Finalmente se había cerciorado de que no era difícil mantener alejadas estas pesadillas ardientes.

Pero lo que ahora examinaban sus ojos era una pesadilla fría. Gélida. Sin sangre, sin huellas de brutalidad, sin apenas señales de dolor. En todo caso un dolor enteramente diferente, incubado en perdidas regiones del espíritu, que se volcaba hacia el exterior bajo la forma de una gelatina viscosa. Tenía a su alrededor decenas de imágenes, y su compañía le causaba una impresión semejante a la que había sentido cuando el día anterior se había topado con aquel desconocido en el barrio antiguo: frío, un frío feroz que le atravesaba el cuerpo hasta quedar adherido en las vísceras.

La irrupción de aquel ejército espectral le atenazó. Se veía acorralado y dominado. Únicamente tras prolongados esfuerzos por librarse de la frialdad que le inmovilizaba se puso a examinar con detenimiento las imágenes que tenía ante él. Las miró una y otra vez, tratando de entender. Había en ellas algo sorprendente: correspondían a muy diversos individuos pero parecían ser la continua reproducción de la misma cara. Los rasgos eran, sin duda, distintos, aunque esto era sólo una evidencia superficial que se anulaba cuando el examen se hacía más atento. Entonces surgía un rostro único que se imponía sobre los rasgos aparentemente diferentes.

Víctor intentó descifrar los atributos de aquel rostro que le desafiaba desde diversos puntos de su laboratorio. No le convenció aquel antifaz inexpresivo bajo el que se ocultaba. Quiso arrancárselo, analizándolo obsesivamente como quien busca adivinar las intenciones de su peor enemigo. Realmente se había convertido en el peor enemigo. A fuerza de aceptar su intimidad su presencia se agigantaba. Los ojos sin vida del monstruo querían asfixiarlo. En ellos se reflejaba una insoportable demanda de compasión en la que Víctor creyó oír, incorporado, un susurro: pronto serás como yo.

Abandonó precipitadamente la habitación oscura del laboratorio. Necesitaba aire y abrió de par en par la primera ventana que encontró a su paso. Estaba amaneciendo. Entre los azules aún brillaban las luces confiadas de la ciudad. Ahora empezaba a comprender por dónde golpeaba la amenaza.

IV

A principios de diciembre estalló la noticia sobre la conciencia de la ciudad. Fue algo natural e incontenible, como estalla la cáscara del huevo para que el recién nacido reptil, superado su estado embrionario, comience su periplo por los caminos. El caudal de internamientos aumentaba, día a día, con implacable regularidad. Ya no era posible encauzarlo en secreto ni tampoco disimularlo con el silencio. Los rumores, dejando atrás los circuitos reducidos, irrumpían en calles y plazas. La ciudad quedó totalmente envuelta en los pesados vapores de la duda. Era indispensable actuar y se actuó: se tomaron las primeras medidas políticas, los medios de comunicación, aunque con la cautela que esas medidas recomendaban, empezaron a informar y, finalmente, como exigencia de unas y otras circunstancias, se dio un nombre a los afectados. Se les llamó exánimes.

El hallazgo de un nombre era indispensable, pues era demasiado arduo estudiar científicamente un fenómeno que no estaba identificado bajo un rótulo. Además los políticos y los periodistas lo reclamaban como un instrumento imprescindible para sus respectivos trabajos. Era imposible tomar medidas o informar con respecto a algo que no tenía nombre. Pero la cuestión del nombre era complicada y requirió varios conciliábulos de autoridades, médicos y especialistas. A los internados que infestaban hospitales y clínicas se les consideraba idiotizados pero es obvio que no se les podía llamar oficialmente idiotas. Era demasiado cruel e irreverente. Sin embargo, ninguna denominación de las contenidas en las enciclopedias médicas se demostraba útil. Se repasaron infatigablemente los nombres de todas las patologías conocidas. Sin éxito. Era una enfermedad de la que no se tenía clara certidumbre de que fuera una enfermedad. Por si fuera poco, se propagaba como una plaga infecciosa pero se tenía por absurdo que pudiera ser una plaga o que pudiera contagiarse por una infección. Los análisis clínicos lo desmentían tajantemente y los anales médicos, también. A pesar de todo, no darle un nombre comportaba el inmenso riesgo de aquello que se transforma en innombrable. Después de muchas sugerencias descartadas, alguien, que había investigado los diccionarios, propuso que se les llamara exánimes. Por fin se llegó a un acuerdo. La definición con que se encontraron los que no conocían el significado del término era dura. Leyeron que un hombre exánime era un hombre sin aliento, sumamente debilitado e, incluso, sin señal de vida. Era dura pero no había duda que se adecuaba a las circunstancias. Por otro lado era suficientemente inhabitual como para contentar la severidad terminológica que pedían los científicos y la neutra opacidad que aconsejaban las autoridades. El adjetivo fue convertido en sustantivo y se adoptó oficialmente con la sensación de que ya se había vencido una batalla.

En cuanto a las medidas de orden político se procedió con sigilo y prudencia, procurando que la inminente publicidad de los acontecimientos quedara amortiguada por la garantía de disposiciones efectivas. Se pretendía así combatir la alarma que cundiría en la sociedad con una apariencia de energía. En cualquier circunstancia era imprescindible que todo pareciera bajo control. Por eso a finales de noviembre, cuando ya se reconocía como inevitable que el problema sobrepasara las instancias sanitarias, el Consejo de Gobierno convocó al Senado de la ciudad a una larga sesión, celebrada a puerta cerrada, con el propósito decidido de proceder a actuaciones inmediatas. Durante esta sesión hubo prolongados debates hasta que tanto el partido del gobierno como el de la oposición comprendieron que, contra lo que acostumbraba a suceder, esta vez se enfrentaban a una situación nueva y poco propicia para la oratoria. El común miedo a lo desconocido disminuyó paulatinamente el énfasis de los discursos hasta cortarlos de raíz. Según dijo, tiempo después, uno de los senadores asistentes, se llegó a un momento insólito en que ninguno de los presentes se atrevía a tomar la palabra. Nadie tenía nada que proponer.

No obstante, se tomaron medidas y se formaron comisiones. El Senado se manifestó unánime en un aspecto, considerado psicológico, al que se otorgó primordial importancia: lo desconocido debería ser presentado en sociedad de tal forma que los ciudadanos tuvieran, desde el inicio, la esperanza de que ya empezaba a ser conocido o que pronto lo sería. La segura solución futura del enigma tenía que ser la condición previa a la formulación del enigma. Éste era un principio incontestable que guiaba los métodos a adoptar en todos los órdenes. Así se comunicaría a los científicos y médicos. El mal debía ser investigado, a la búsqueda del remedio, pero, mientras tanto, se prohibía terminantemente desalentar a la población con confesiones de ignorancia. De todo ello quedaba encargada la comisión de expertos elegida por el Senado.

La denominada comisión de tutela tenía, naturalmente, una importancia todavía mayor. De su rapidez y sagacidad dependía la eficacia de todo el plan que se estaba poniendo en marcha para luchar contra los presagios sombríos que zarandeaban la ciudad. Pero debía actuar con exquisito tacto. No se podía imponer, de pronto, la censura sobre los medios de comunicación porque ello, además de suponer inoportunas protestas, representaría socavar aquella libertad de expresión de que tanto se enorgullecían la ciudad y las propias autoridades. Tampoco, sin embargo, se podía permitir que perió-dicos y emisoras, compitiendo entre ellos para ofrecer las noticias más sensacionales, como acostumbraban, acabaran vulnerando la exigencia de calma que la situación requería. El equilibrio era tan difícil como imprescindible. Para conseguirlo se ideó un complejo sistema de recomendaciones mediante el cual lo explícito se volviera implícito y el mandato se entendiera como sugerencia. La comisión de tutela tenía la responsabilidad de que la ciudad, aunque fuera con una libertad tutelada, continuara sintiéndose libre.

Faltaban, para completar los esfuerzos de los representantes de la comunidad, establecer aquellos procedimientos que aseguraran el cumplimiento eficaz de todas las disposiciones. Tampoco en este campo se quería recurrir a las opciones extremas. La firmeza no excluía la discreción. De ahí que la tercera de las comisiones elegidas, la de vigilancia, debía velar por el orden público, pero siguiendo los consejos que el Senado se dio a sí mismo: las medidas excepcionales se ejercerían sin que trascendiera el hecho de que eran excepcionales. Las fuerzas de seguridad estarían, en adelante, en estado de alerta permanente. En cualquier caso no se alteraría el ritmo cotidiano de la población. Debían evitarse, a toda costa, operaciones demasiado ostensibles.

Víctor Ribera supo que la noticia se iba a hacer pública por la llamada telefónica de Arias.

—Saldrán algunas de tus fotos —le dijo, al final de la conversación.

Habían pasado dos semanas desde su reportaje en el Hospital General. Víctor tardó en decidirse. Tras el revelado de las fotos no sabía a qué atenerse. Consultó al doctor Aldrey.

—¿Quieres, de verdad, que lo hagamos público?

Aldrey examinó minuciosamente la colección de fotos. También a él, a pesar de su contacto cotidiano con ellas, pareció impresionarle aquel conjunto de caras muertas. Hizo un gesto negativo con la cabeza, más de malestar que de rechazo, al tiempo que murmuraba:

—No puede ser.

Por unos instantes Víctor creyó que su amigo se declaraba contrario a la publicación de las fotografías. Pronto, sin embargo, comprendió que la expresión de David denunciaba incredulidad: seguía sin poder asumir que ocurriera aquello que cada día, en el hospital, se veía obligado a constatar. Era evidente que para él lo peor no era el mal en sí, ni su preocupante extensión, ni tan siquiera la inutilidad de cualquier tratamiento probado hasta entonces, lo peor era su carácter incomprensible. Tras observar una vez más las fotos se lo confirmó a Víctor:

—Seguimos sin saber nada. O mejor, quizá, sería decir que cada día que pasa sabemos menos. Al principio, cuando se presentaron los primeros casos, teníamos la convicción de que era un brote aislado. Después pensamos que, como máximo, encontraríamos pistas aceptables. Ahora nos pasamos el rato haciendo preguntas. ¿Por qué ahora? ¿Por qué aquí y con estos síntomas? Vamos admitiendo gente sin saber qué hacer con ella. Los lavamos a la fuerza y los alimentamos con suero para que vayan sobreviviendo. No dicen nada. No sabemos si quieren seguir viviendo o dejarse morir. ¿Qué es esto?

A Víctor le pareció que David reflexionaba solo, en voz alta, sin esperar ninguna respuesta. Dejaba relucir la tensión a la que estaba sometido. No tardó en dominarse de nuevo:

—Deberías intentar publicarlas —dijo—. De todos modos es una cuestión de días.

—¿Qué es una cuestión de días? —le interrogó Víctor.

—Que se haga público.

—Entonces poco importa lo que yo haga —alegó Víctor.

—Puedes hacer que se retrase lo menos posible.

David le comentó que, entre los médicos, una gran mayoría era favorable a informar a la población tomando, eso sí, ciertas precauciones para evitar una reacción de pánico. Únicamente a través de la información podía tenerse la esperanza de desarrollar una labor preventiva, aunque, desde luego, todavía no había ideas precisas al respecto. Esto último era lo que más desconcertaba a las autoridades de la ciudad y lo que las había llevado a mantener un mutismo absoluto.

—Te aseguro que es un tema prioritario del

Consejo de Gobierno. Le han dado cien vueltas. Lo sé por distintas fuentes. Veremos qué hacen —concluyó el doctor Aldrey con un tono de vago escepticismo.

A lo largo de estas dos semanas Víctor Ribera se vio inmerso en un irritante duelo con Salvador Blasi, el director de *El Progreso*. Tras la consulta con Aldrey le telefoneó para ofrecerle el reportaje que le había prometido durante su visita.

—¿Qué reportaje? —oyó que le decía Blasi desde el otro lado del hilo.

Esta primera evasiva no era sino el comienzo de sucesivas evasivas mediante las que Blasi, recurriendo a todas las ambigüedades posibles, mostraba, al mismo tiempo, interés y falta de urgencia. Durante varios días Víctor hubo de soportar cancelaciones de citas y errores supuestamente involuntarios, que se adjudicaban a las secretarias de Blasi o se justificaban por la complejidad misma de la empresa que éste dirigía. Cuando hubo agotado su paciencia Víctor le amenazó con dirigirse a otros periódicos. Sospechaba que con todos sucedería lo mismo pero quería ejercer el único medio de presión que estaba a su alcance. La estratagema surtió un cierto efecto pues Blasi le prometió que le daría una respuesta definitiva en el plazo de cuarenta y ocho horas. Era el penúltimo día de noviembre. A la mañana siguiente el director de *El Progreso* lo convocó urgentemente. Tenía prisa por ver las fotos.

Mientras las contemplaba Blasi se defendió:

—Debes perdonarme. Quiero serte sincero. Cuando nos vimos por última vez yo ya era consciente de la gravedad de lo que estaba sucediendo. Te lo negué, aunque imagino que tú te diste cuenta. Tenía mis razones. Traté de explicarte la necesidad de evitar la alarma. Esto era cierto y no te mentí. Por otro lado debo admitir que seguí ciertos consejos del gobierno de la ciudad. Esto no me quita independencia. En otras circunstancias, te lo aseguro, no hubiera hecho caso. Tú me conoces suficientemente para saberlo. En las actuales circunstancias sí. Era lógico hacerlo. Ellos esperaban el curso de los acontecimientos. Nosotros también. Era una cuestión de prudencia.

Víctor pensó en si conocía a Blasi, como éste alegaba. Seguramente, tras tanto tiempo, no lo conocía en absoluto. Ambos eran, entre sí, perfectos desconocidos. Dedujo que, en aquel momento, le importaba muy poco averiguarlo. Tampoco le incumbía la independencia de la prensa.

—¿Y ahora te han dado luz verde? —preguntó secamente.

—Todavía no, pero es inminente. ¿Esta tarde?, ¿mañana? Es inminente.

Blasi se puso a elogiar las fotografías:

—Magníficas, magníficas. Nos servirán mucho. Ademas, entre nosotros, te confesaré algo: seremos los primeros en publicar la noticia.

—¿Tenéis la exclusiva? —interrogó Víctor con voz burlona.

—Digamos que hemos conseguido una ligera anticipación sobre los demás. Cosa de unas horas. Las suficientes —contestó Salvador Blasi, visiblemente satisfecho.

La llamada de Arias, anunciándole la publicación, se produjo al atardecer de aquel mismo día. Sin embargo, aún pasaron dos más antes de que *El Progreso*, con una edición especial, propagara la noticia por la ciudad. Víctor, al pasar junto a un quiosco, se encontró con una de sus fotografías ocupando un espacio considerable de la primera plana. La página estaba presidida por un titular, impreso con grandes caracteres: Preocupante incremento de los casos de trastorno de la personalidad. Víctor se echó a reír ante la mirada asombrada del vendedor que le cobraba el ejemplar. Había apostado mentalmente por los más diversos titulares, pero no se le había ocurrido ninguno que se asemejara al que tenía delante de sus ojos. No supo decidir si era tranquilizador, alarmista o, sencillamente, desconcertante.

Entró en el primer bar que encontró. Estaba casi desierto. Además de un par de camareros únicamente había un individuo que metía monedas en una máquina tragaperras. Se sentó en una mesa apartada, bajo la ventana, y esperó a que le trajeran el café que había pedido. El camarero no le hizo ningún comentario. Leyó las páginas del periódico dedicadas a la noticia, encontrándose con otras dos fotografías suyas y un breve comunicado del Departamento de Sanidad en el que se prometían rápidas investigaciones y no menos rápidas soluciones. El resto era una obra maestra del equívoco.

Con el sonido metálico de la máquina tragaperras como música de fondo, Víctor avanzó penosamente a través de aquella tela de araña del lenguaje capaz de atrapar a cualquier lector entre su tupida red de frases elípticas y términos incomprensibles. La historia de la imprevista dolencia daba vueltas sobre sí misma, manifestándose en unas ocasiones como algo de origen oscuro pero de duración fugaz y, en otras, como algo tan viejo como el hombre que, de repente, había adoptado formas nuevas. Grave e irrelevante al mismo tiempo, era una epidemia sin serlo y una rareza sin parecerlo. Sus consecuencias eran tan difusas como sus orígenes, lo cual no invalidaba la enunciación de hipótesis que, insinuadas con convicción, quedaban desmentidas, unos renglones más abajo, con igual certeza. Al supuesto de unas alteraciones estrictamente fisiológicas le seguía la posibilidad de un fenómeno colectivo de sugestión en el que, sin embargo, no se descartaba la complicidad de singulares agentes inductores aletargados en alguna parte, todavía ignorada, del cuerpo.

A medida que progresaba en su lectura Víctor tuvo la impresión de asistir al desarrollo de una intriga en la que los conjurados aparecían y desaparecían con mágica fluidez y de la que no se sabía si constituía un drama o aspiraba a ser una farsa. Lo que se ponía de manifiesto, en cualquier caso, era que la intriga era seguida con detenimiento por los responsables del bien público, como lo demostraba el hecho de que ya se había adjudicado a los afectados la denominación de exánimes. *El Progreso* aseguraba, según una frase repetida varias veces, que los exánimes eran individuos que habían perdido el apetito existencial. La conclusión era esperanzadora: todo debía verse como un fenómeno pasajero que pronto sería erradicado y frente al que no había ningún motivo de inquietud. Científicos y autoridades trabajarían con la debida abnegación de modo que la paz de la ciudad permaneciera imperturbable.

Al abandonar la lectura del periódico Víctor tenía imágenes confusas en la cabeza. Pensó que Blasi había obtenido la primicia que perseguía y que sus fotografías contradecían desoladoramente toda la información que había leído. Sin embargo, no estaba seguro de haber actuado correctamente. Quizá era el enmascaramiento puesto en marcha por Blasi lo que realmente convenía. Sacó un lápiz del bolsillo de la americana y se puso a garabatear una de sus fotos. El pobre desgraciado estaba más presentable con barba y bigotes. Entonces pasó junto a su mesa el hombre de la máquina tragaperras y, con una mueca desagradable, dijo que se había quedado sin dinero. Víctor no supo si se lo decía a él, a los camareros o a sí mismo. Daba igual, desde luego.

Otros periódicos, por la tarde, lanzaron ediciones especiales, mientras las emisoras de radio y televisión se añadían a la propagación de la noticia. *El Progreso* había dado la pauta y los demás, en términos generales, la siguieron escrupulosamente. Como necesitaban reclamar la atención del público todos utilizaban una técnica similar, activando la bomba de la novedad informativa para, a continuación, desactivarla con seguridades y promesas. Hubo, claro está, matices impulsados por la competencia, y algunos insinuaron complicaciones que iban, al parecer, más allá de lo que les era permitido insinuar. Como consecuencia hubo también rectificaciones y ya aquel mismo día trascendió que una comisión de tutela, creada por el Senado, velaba por la exactitud de la información. Se anunció, asimismo, la existencia de la comisión de expertos, a la que se atribuyó rasgos salvadores. De la comisión de vigilancia la ciudad se enteró con posterioridad, cuando ya la ciudad se hallaba vigilada.

Víctor pasó el resto del día junto a Ángela. Antes, en diversas ocasiones, trató de comunicarse telefónicamente con el doctor Aldrey, pero las líneas del Hospital General estaban siempre ocupadas. Optó por atrincherarse frente a la gran noticia del día, que él mismo había fomentado. Para ello hubo que vencer la inicial resistencia de Ángela, a la que fue a visitar, de improviso, en su taller de restauración.

—Es más grave de lo que me dijiste —le reprochó ella, al recibirlo.

Hacía unos pocos días le había comentado su reportaje fotográfico en el hospital, pero le había ocultado el alcance de los hechos, sumándose también él a la tendencia de poner a la prudencia por encima de la verdad. Sin embargo, según advirtió, Ángela había sabido orientarse en el laberinto de las informaciones. No tuvo más remedio que reconocer la gravedad de los sucesos.

—No quería alarmarte —añadió.

De inmediato pensó que era definitivamente alarmante una situación en la que todo el mundo se esforzaba para que los demás no se sintieran alarmados. Por eso cuando Ángela le pidió la verdad, le contó todo cuanto sabía. Fue un relato breve, y él mismo se sorprendió de su brevedad porque aquella historia se había ensanchado tanto en su pensamiento que le parecía imposible la escasez de datos de que disponía. En realidad era como si la sombra de un ser invisible se estuviera proyectando agobiantemente sobre un muro. Algo muy rápido de contar e imposible de explicar. Un ser invisible no podía tener sombra. Pero la tenía. Más allá de eso lo demás era anecdótico.

—¿Y adónde conduce eso? —preguntó Ángela cuando dio por concluido su relato.

Víctor se encogió de hombros:

—No lo sé.

Era impotencia y, también, indiferencia: quería desprenderse, aunque fuera por unas horas, de aquella gelatina que se pegaba a su cerebro. Abrazó a Ángela. Le gustaba cuando iba enfundada en su guardapolvo, con los cabellos desordenados cayéndole sobre la espalda. La besó repetidamente, buscando permanecer el mayor tiempo posible en el calor de sus labios. Pronto sintió el deseo de su cuerpo y la alegría de que aquel deseo postergara otras sensaciones. A su alrededor apenas quedaban restos de un mundo que naufragaba. No tenían la menor importancia. Sólo el cuerpo de Ángela contaba en ese futuro inmediato que era el único futuro. En el exterior, la ciudad era un paisaje blanco que se confundía con la nada.

El cuadro con el tema de Orfeo y Eurídice que Ángela debía restaurar era de grandes proporciones. Estaba muy dañado, especialmente en los ángulos, con manchas oscuras y fragmentos desprendidos. De acuerdo con los informes del propietario de la obra era una tela de autor anónimo del siglo XVII. Víctor lo encontró imperfecto pero sugestivo. Las figuras estaban pintadas con cierta torpeza, sin demasiada elegancia en los rasgos ni atención en las proporciones. Sin embargo, el autor, a pesar de sus limitaciones, o quizá sus prisas, había conseguido expresar una fuerza considerable. Ángela, aunque reconocía sus defectos, alababa esta fuerza y la atribuía al acierto del pintor que había escogido el momento crucial de la fuga de Orfeo.

—Fíjate —decía con satisfacción—, es el momento justo. Orfeo está a punto de girarse para contemplar a Eurídice, pero todavía no lo ha hecho. Nosotros, los espectadores, no podemos decir si lo hará. La salvación es aún posible.

Ángela le habló del mito de Orfeo, sobre el que había estado leyendo en los últimos días. Con su singular manera de contarlo, lo remoto se convertía en cercano, casi palpable, como si ella misma hubiera asistido a las sucesivas secuencias de la vida de Orfeo. Y así el viaje de los Argonautas, el descenso al infierno para rescatar a Eurídice e, incluso, su muerte a manos de las mujeres tracias llegaban a oídos de Víctor como escenas que hubieran ocurrido en un pasado muy próximo. A Ángela le encantaba que fuera de este modo, consiguiendo con extraordinaria facilidad transmitir este encanto. Decía que no le interesaban las historias en las que ella, de una manera u otra, no se podía sentir partícipe. En ésta era claro que participaba junto a Eurídice, por lo que no tenía nada de extraño que entre las dos versiones del retorno de Orfeo al mundo de los vivos se decantara por aquella en la que también Eurídice conseguía salir y desaprobara, por el contrario, aquella otra en la que, por violar Orfeo la prohibición de mirar atrás, quedaba condenada a permanecer en el infierno. Para Ángela la aventura de Orfeo sólo valía la pena si lograba huir con su mujer. Y estaba convencida de que el cuadro no desmentía su opinión.

Tras escucharla atentamente Víctor pensó que el pintor había actuado con habilidad, escogiendo un camino intermedio que ni afirmaba ni negaba. No invitaba al expectador a deducir que Orfeo había tenido éxito en su misión, pero tampoco había querido representar su fracaso. Ambas opciones eran igualmente posibles. Ni esperanza ni desesperación: la cabeza de Orfeo estaba girada, pero no hacia atrás, donde estaba Eurídice, sino hacia el espectador, como si en última instancia fuera éste quien debiera decidir. Esto era realmente astuto.

Por lo demás era evidente que el anónimo pintor se había preocupado mucho más por cuidar los detalles del infierno. Para describir el mundo de los vivos le había bastado el verde difuso de una vegetación exuberante y el azul intenso de un cielo luminoso. Al parecer no era necesario que ningún hombre aguardara la llegada de Orfeo y Eurídice. El infierno, dominado por el ocre oscuro, era más concreto, con las siluetas de los condenados empujando una gran noria de fuego bajo la vigilancia de sus monstruosos centinelas. Por la retina de Víctor desfilaban otras imágenes de otros infiernos: el infierno siempre era más concreto.

Ángela acarició suavemente el hermoso marco dorado del cuadro. Dijo:

—Me llevará meses restaurarlo. Como ves está bastante mal. Hubiera preferido enseñártelo más adelante.

V

A pesar de todas las precauciones del Consejo de Gobierno no se pudo evitar que la difusión de los hechos hiciera mella en el ritmo de la ciudad. Tras su mesura inicial los medios de comunicación, excitadamente tentados a hurgar en un filón de apariencia inagotable, expresaron una creciente osadía. Hartos, durante años, de transformar las pequeñas noticias en grandes noticias no se plegaron dócilmente a la recomendación de actuar en sentido contrario. Sintiendo que estaba a su alcance un tesoro maligno, se resistían a conformarse con la bisutería que les era ofrecida. De otra parte, el hecho de que fuera maligno acrecentaba su valor y lo acercaba a aquellos otros tesoros, pertenecientes a un pasado que ya parecía definitivamente perdido, que emergían, fulgurantes, cuando se informaba de catástrofes y guerras. Los medios de comunicación no hablaron de guerra, porque no la había, ni de catástrofe, porque era un término vedado, pero escarbaron generosamente en la herida hasta conseguir que toda la ciudad quedara salpicada. Esta labor cotidiana preparó el terreno para consagrar un estado de crisis, fórmula favorita por la que la insistencia en lo anómalo se compensaba, consoladoramente, con el recurso a lo transitorio. Y así la denominada crisis de los exánimes fue reemplazando cualquier otro foco de interés.

Sin embargo, durante estas primeras semanas de la crisis, en contra de las previsiones más pesimistas, no hubo síntomas de pánico. La reacción más perceptible fue de asombro e incredulidad. Lo que se informaba como cierto parecía tan fuera de toda lógica que resultaba inaceptable. Tras las primeras informaciones apenas se entendía que un fenómeno aislado y, según se decía, de dimensiones reducidas, constituyera algo fundamental para la vida de la ciudad. Por otro lado, ésta estaba acostumbrada a creer que lo anormal se hallaba recluido en sus propios reductos, de modo que su existencia en nada debía afectar a la normalidad general. La enfermedad debía ser tratada en los escenarios dedicados a este propósito, y de manera similar todas las formas del mal, fuera éste físico, moral o de cualquier otro tipo, tenían, para su tratamiento, sus lugares adecuados. Esto, obviamente, no se extendía a lo inexplicable. Lo inexplicable, por serlo, no tenía lugar que le concerniera. Pero lo inexplicable había sido borrado de la conciencia de una población convencida por las explicaciones que había heredado y que se confirmaban día tras día.

Esta resistencia se quebró lentamente, más por el insistente zumbido de las murmuraciones que por la fuerza de las advertencias. El rumor de fondo, crecientemente ensordecedor, demostró mayor eficacia que las voces de alerta. Las conversaciones se arremolinaron alrededor de una única conversación, y en ella, en voz baja, unos y otros se preguntaban sobre el poder de aquel espectro que furtivamente se había instalado en su hogar. Pero tampoco entonces hubo pánico. Cuando cesó la incredulidad se impuso la simulación.

Casi imperceptiblemente el ritmo interno de la ciudad se hizo más pausado y los ciudadanos se adiestraron en el gesto precavido. Se tanteaban entre sí, prefiriendo conocer la opinión del otro antes de aventurarse a exponer la propia. Reconociéndose bajo acecho nadie podía ser ya completamente inocente. La semilla de la desconfianza se alimentaba con el rico abono de la sospecha. Con todo, no se desbordaron los sentimientos. El miedo permaneció oculto tras la suposición de sensatez y la sensatez se adornó con alambicados afeites. Y así podría afirmarse, sin exageración, que durante este período la ciudad se defendió del intruso recurriendo febrilmente al camuflaje. Algunos insinuaban que las aceras aparecían más vacías, las miradas más inquietantes, las sonrisas más esporádicas. Pero los mismos que lo sostenían se apresuraban a negarlo, alegando que para ellos todo continuaba como había sido siempre y proclamando con firmeza que nada cambiaría en adelante. Aunque las informaciones eran crecientemente desalentadoras el éxito inicial de la simulación hizo que sobre el decorado sombrío se vislumbraran sorprendentes pinceladas de euforia. A lo largo del mes de diciembre la ciudad quedó escindida entre aquella parte de ella que palpaba la realidad del monstruo y aquella otra que se convencía de su inverosimilitud.

Las fiestas de Navidad fueron la ocasión propicia para atestiguarlo. Cerrando los ojos frente a los avances de la carcoma la población se sumió en un tesonero esfuerzo para asegurar la robustez de la fortaleza. Fueron unas fiestas brillantes, quizá más que en ningún año precedente. Las calles se engalanaron con mayor cantidad de adornos luminosos y los almacenes recurrieron a sus reclamos de lujo para atender la avalancha de clientes. Por unos días el derroche de prosperidad ahuyentó la presencia de los fantasmas. El dinero relucía con profusión, reforzando su prestigio de talismán: se vendía alegría y se compraba felicidad. La ciudad se convirtió en la plaza de un enorme mercado y en el estómago de un interminable banquete.

De otro lado, el Consejo de Gobierno, temeroso ante lo que podía suceder y gratamente asombrado ante lo que sucedía, redobló energías para acentuar el esplendor de aquellas fiestas que juzgaba decisivas para mantener el ánimo de la comunidad. Organizó, sin anteriores avaricias, un gran número de manifestaciones deportivas y culturales, improvisando, incluso, una suntuosa celebración, con espectáculos, música y fuegos artificiales. Nadie supo qué era lo que se estaba celebrando, pero tampoco nadie se lo preguntó. El comercio, la industria y las entidades financieras apoyaron, con inusual generosidad, la iniciativa, las televisiones disputaron entre sí su transmisión más vistosa y los ciudadanos se aprestaron a engullir las imágenes que se les prometía. Cierto que por las noches se oían, cada vez con más frecuencia, las irritantes sirenas de las ambulancias. Sin embargo, no se había perdido la confianza de que al día siguiente amanecería. Como siempre.

El miércoles inmediatamente anterior a Navidad se encontraron en el París-Berlín, una vez más, Víctor Ribera y David Aldrey. Éste había rechazado la sugerencia de interrumpir las citas a causa de su trabajo. Durante buena parte de la comida no hicieron ninguna alusión al tema inevitable. Ambos, con disciplinada complicidad, retrasaron su abordaje. Hablaron mucho de su infancia, en especial del aspecto que ofrecía la ciudad en aquellos tiempos ya lejanos. Edificios que ya no existían, costumbres que habían desaparecido. Algunos recuerdos coincidían: el acuario entonces recién inaugurado, los carnavales, el antiguo parque de atracciones. Repasaron viejas películas y viejas canciones, buscando escenas comunes. En su recorrido se detuvieron en un circo y en un personaje. Se dieron cuenta de que los dos conservaban una fascinación similar:

—¿El Gran Circo Moderno?

—Exacto —corroboró Víctor

—¿Y él cómo se llamaba? —preguntó David.

—Déjame pensar —dudó Víctor—. ¿Humberto?

—Puede ser. Creo que sí. Pero lo importante era como le anunciaban. El mejor sucesor del grandioso Houdini. ¿Te acuerdas?

—Sí. Le dedicaba todos los números.

Recordaron cómo el sucesor del grandioso Houdini conmocionó a la población infantil. Polifacético, dominaba la mayoría de las artes circenses. Era trapecista y funámbulo, actuando siempre sin red. Un acróbata excepcional. Pero también era un hábil prestidigitador para el que no había ningún secreto. Lo mismo hacía centelleantes juegos de manos que se liberaba de cadenas y ataduras. Con todo ello preparaba la hipnosis colectiva, su ejercicio más prodigioso.

—Decía que estaba en comunicación con el espíritu de Houdini —comentó Víctor, riendo.

—Es verdad, sus palabras me quedaron grabadas. Supongo que no entendíamos nada de lo que nos decía y esto todavía nos impresionaba más.

—Quizá. Aunque debo reconocerte que yo me sentía hipnotizado. No sé cómo lo hacía pero yo estaba hipnotizado.

—Yo también —confesó David—. Alguna vez me he preguntado cómo lo lograba. Hablaba mucho aunque, de tanto en tanto, se callaba durante un buen rato. Recuerdo que nos pedía que miráramos su mano y, luego, un objeto que relucía. Mientras duraba no se oía ni una mosca. Estábamos como alelados y salíamos hechos un lío. Pero a mí me gustaba tanto que fui, al menos, media docena de veces.

Cuando abandonaron al discípulo de Houdini el camarero ya había depositado la factura sobre la mesa. El doctor Aldrey la cogió. Según el turno establecido aquel día le tocaba pagar a él. Al sacar los billetes de la cartera dijo:

—Tendré que irme pronto.

El presente volvía con dureza. Exigía sus tributos. Era ridículo desconocerlo. Víctor sabía que debía preguntar.

—No hay ninguna novedad. Si no fuera porque el número aumenta sin cesar podríamos decir que todo es ya una rutina.

Estaba tranquilo y Víctor pensó que quizá también él estaba tocado por la rutina. Tal vez adivinando su pensamiento el doctor Aldrey añadió:

—Si quieres que te diga la verdad hacemos de carceleros. Como médicos no tenemos, por el momento, ninguna función. Y como carceleros estamos fuera de lugar. Para muchos ya no es un problema exclusivamente médico. Se habla de crear con urgencia centros de acogida. Así los llaman. No sé en qué consistirán.

Víctor le hizo reparar en el ambiente festivo que reinaba en la ciudad.

—Mejor así —contestó David Aldrey—. Aunque temo por la resaca. Ojalá me equivoque.

Al mediodía del último día del año Víctor Ribera recibió una llamada de *El Progreso*. La voz femenina le comunicó que iba a hablar con el director y, sin esperar su respuesta, le dejó con una melodía del hilo musical. Luego oyó la voz de Blasi:

—Tengo una gran noticia para ti. Te han dado el premio a la fotografía del año. La que sacamos en primera plana. Aún no se ha hecho público pero ya es seguro. Acabo de llegar de la reunión del jurado. Además te diré que nadie lo ha discutido. ¿Estás contento?

Víctor estaba perplejo. La voz de Blasi se despidió:

—Enhorabuena. Ahora te dejo. Ya hablaremos esta noche en casa de Samper.

—¿Samper? —balbuceó Víctor.

—¿No irás esta noche a casa de Samper?

—Sí

—Yo también. Hasta luego.

Blasi colgó. Lo primero que hizo Víctor fue arrepentirse de haber aceptado la invitación de Samper, el propietario de la galería donde había hecho su última exposición. No tenía ninguna predilección por las fiestas de Nochevieja ni encontraba obligatorio festejar los cambios del calendario. La unanimidad de la alegría que se exigía en estas fiestas le ponía, anticipadamente, de mal humor. Además uno tenía que reír al lado de otros que también reían, ocultando juntos, la indiferencia, cuando no la animadversión, que se profesaban. Cogió de nuevo el auricular y marcó el número de Samper. Le dijeron que no estaba en casa y que lo encontraría en la galería.

Víctor desistió de la idea de localizarlo. Otra idea, el que le hubieran dado un premio por aquellas malditas fotos, provocaba su desconcierto. Sabía que lo aceptaría, sucumbiendo al halago. Por un instante pensó que David, en sus mismas circunstancias, no lo aceptaría. Tal vez sí. Era inútil una comparación de este tipo. No tenía sentido. De todos modos era un sarcasmo que también algo así obtuviera su premio. Se dijo que, en adelante, no publicaría nada relacionado con aquellos sucesos. Estaba dispuesto a fotografiarlo todo. Quería que su cámara registrara minuciosamente, a partir de entonces, las imágenes de aquella ciudad, la suya, que parecía sumergirse en el hechizo. Haría, otra vez, de fotógrafo callejero. Le gustaba esa decisión. Pero no publicaría nada hasta que el hechizo estuviera disuelto. Su pensamiento se detuvo bajo el peso de la posibilidad alternativa. Quizá el hechizo no tenía fin. Con un rotulador escribió en una etiqueta algo que, de inmediato, le sugirió el título de una crónica: El tiempo de los exánimes. También él se había acostumbrado a la horrible palabra. Daba lo mismo ésta que cualquier otra.

Tomada la decisión, Víctor quiso llevarla a la práctica aquella misma tarde. Pasó varias horas captando instantáneas de las calles. Eran las últimas horas del año, aparentemente iguales en todo a las últimas horas de cualquier otro año. Hacía frío, el tráfico era muy denso y los viandantes tenían prisa por llegar a sus metas. Ningún signo de inquietud. El engranaje de la ciudad funcionaba apaciblemente. Sin embargo, cada vez que disparaba el botón de su cámara, Víctor tenía la sensación de que era precisamente aquella paz lo que era inquietante, como si se reflejase la excesiva bonanza que antecede a la tempestad.

Cuando regresó a casa eran casi las nueve. Guardó los carretes en una caja metálica sobre la que pegó la etiqueta con el título de su particular crónica. El tiempo de los exánimes era todavía un tiempo apacible. ¿Hasta cuándo continuaría así? Víctor se cambió rápidamente de ropa. Llamó a Ángela. La iría a recoger enseguida para asistir a la fiesta de Samper.

Era una reunión muy concurrida. De Jesús Samper se decía que era tan buen empresario como anfitrión. Un organizador nato que declaraba su gusto por la improvisación, no sin antes haber cuidado los más mínimos detalles. Era rico, y nadie se acordaba de su origen oscuro porque él, unas veces convenciendo con halagos y otras comprando con brusquedad, había conseguido erradicar tal origen. Sin descartar nunca otros comercios el del arte le había proporcionado simultáneamente dinero y posición. Con el dinero acumulado había invertido, con éxito, en el mercado del prestigio, apoderándose así del aura de la respetabilidad. El arte, según aseguraba, era todo para él. Y, en cierto modo, podía dársele la razón pues, con el paso de los años, el traficante había logrado imponerse como un espíritu cultivado que, bien mirado, no podía ser sino el fruto de una esmerada educación. Llegado a este punto, y sin encontrar obstáculo para reconstruir su entera biografía, Samper recordó que ya su rancia familia, durante varias generaciones, era amante del arte. El que los otros lo creyeran no le preocupaba en absoluto. Le bastaba que lo aceptaran. Y eran tiempos en que esas cosas se aceptaban con facilidad.

Ángela y Víctor fueron a saludarle. Jesús Samper les recibió efusivamente:

—Me alegro de que hayáis venido. Espero que sea una Nochevieja divertida.

Elogió el aspecto de Ángela, a la que besó en las mejillas. Luego se dirigió a Víctor:

—Te felicito por el premio. Quiero que me enseñes las fotos que hiciste. Según como vaya todo podríamos hacer una nueva exposición la próxima primavera. ¿Qué te parece?

Víctor lo miró asombrado. Samper, como siempre, era de una sinceridad brutal: intuía una macabra rentabilidad y no tenía inconveniente en expresarlo.

—De momento no tengo intención de hacer una nueva exposición —respondió Víctor—. Hemos hecho ya una y bien reciente.

Samper le dio a entender que esperaba esta respuesta. Insistió:

—Lo sé. Yo tampoco soy partidario de abusar con demasiadas exposiciones. Eso destruye a los artistas. Hay que dosificar. Pero también podemos hacer excepciones. Es un tema de rabiosa actualidad. No sabemos cuánto va a durar lo de esos pobres desgraciados.

Por su última frase era imposible averiguar si Samper deseaba o no que durase. Víctor pensó en rebatirle. No le gustaba ser considerado un artista ni le gustaba la rabiosa actualidad a la que aludía Samper. Éste se le adelantó:

—Bueno, bueno. Ya hablaremos. Hoy no es un día para estos asuntos. Bienvenido, de nuevo. Pasad. Encontraréis muchas caras conocidas.

Víctor notó con alivio que Ángela lo arrastraba para ponerlo fuera del alcance de su interlocutor. Entraron en el amplio salón, atiborrado de gente. Las caras conocidas, si las había, estaban extraviadas en la marea de cabezas y bocas anónimas. A Víctor le llamó la atención el extraño predominio de las bocas: comían, bebían o reían. Aunque la primera impresión era que se desarrollaban las tres operaciones al mismo tiempo en un incesante desfile de gargantas abiertas, dentaduras brillantes y labios de colores. Una tenue niebla envolvía los gestos y movimientos de las figuras, acentuando su deformidad. Sólo cuando la retina de Víctor se hubo habituado al escenario se disipó el velo, dando paso a la presencia de rasgos más definidos. Entonces, como había anunciado Samper, en medio del conjunto anónimo se dibujaron caras conocidas y Víctor pudo comprender que en la velada estaban reunidas las complementarias aficiones del anfitrión por el comercio, el arte y la política.

Al filo de la medianoche, al sonar las campanadas del reloj de pared que dieron por inaugurado el nuevo año, los invitados festejaron bulliciosamente el acontecimiento. Se intercambiaron abrazos y deseos con la misma convicción con que se los habían intercambiado al iniciarse el año precedente. La alegría general confirmaba que esta convicción no debía ser alterada pues, aunque cambiaran las hojas del calendario, la rueda del tiempo continuaría girando a igual velocidad. Y así, cuando la orquestina que Samper había contratado para amenizar la velada empezó a tocar sus primeras melodías, el grueso de los asistentes se lanzó al baile con el disciplinado entusiasmo de quienes creían celebrar la danza de la vida. Hubo, como era propio de estas ocasiones, ciertos reticentes pero pronto unos y otros, bailarines y contempladores, aparecieron unidos por un magnetismo especial: aquella danza los unía y nadie quería quedar despegado de ella.

Como todos, también Víctor participó de esta unanimidad y, junto a Ángela, permaneció inmerso en la gran confusión durante bastante tiempo. Sólo cuando el cansancio permitió la fragmentación el grupo compacto fue deshaciéndose en pequeños grupos que se refugiaron en sus propias conversaciones. Algunos invitados se buscaban, otros se encontraban. La mujer de Samper se llevó a Ángela, cogiéndola del brazo. Era la primera vez que ésta estaba en su casa y le había prometido enseñarle la colección de pinturas antiguas que eran el orgullo de la familia. Víctor ya la conocía y se excusó. Durante algunos minutos deambuló por el salón, ocupado en fugaces saludos y diálogos entrecortados. Luego se dirigió a una habitación adjunta presidida por el fuego de una suntuosa chimenea. Cuando ya había elegido el sillón donde sentarse le salió al paso Salvador Blasi, quien le presentó a los dos hombres que le flanqueaban. Al primero Víctor lo reconoció enseguida porque había visto su cara en los periódicos y en la televisión. Era el senador Félix Penalba, miembro del partido gobernante. Del segundo, Ramón Mora, había oído hablar como uno de esos sociólogos eminentes que sabían detectar las intenciones de la comunidad.

Por iniciativa de Blasi se sentaron junto a la chimenea. El director de *El Progreso* llevaba consigo una botella de whisky y una pequeña columna de vasos de plástico transparente. Adujo que esto era una causa suficiente para mantenerse alejados por un rato del tumulto:

—Hemos cumplido ya como jóvenes alocados. Ahora nos toca beber como viejos respetables.

Le gustaban las frases que consideraba ingeniosas y, además, estaba convencido de su ingenio. Quizá esto le proporcionaba el ánimo suficiente para encabezar cualquier conversación, lanzándose a monólogos que, al parecer, sólo interrumpía cuando necesitaba que las otras palabras fueran una ratificación de las suyas. En realidad, los que le conocían de cerca, opinaban que todo era una estrategia mediante la cual Blasi, en ocasiones a través de caminos sinuosos, conducía a sus interlocutores al terreno que le convenía. Por otro lado, tenía una singular predilección por la paradoja. Cuando se mostraba ácidamente crítico era porque preparaba un final conciliador. Cuando elogiaba demasiado, repartiendo alabanzas a diestro y a siniestro, era porque inevitablemente buscaba crear un ambiente tenso a su alrededor. En cualquier caso había que reconocerle una habilidad fuera de lo común.

Aquella noche Blasi recorrió sucesivamente ambos senderos. Primero dijo estar hastiado. Odiaba las fiestas y estaba harto de una vida social que ya no tenía para él ningún aliciente. La gravedad de los problemas que afectaban a la ciudad no autorizaba la dedicación a las frivolidades. Ni siquiera le quedaba el secreto atractivo de seducir a una mujer, no sólo por estar sometido a la vigilancia de la suya sino porque había perdido el gusto por este tipo de aventuras. Sin embargo, a continuación, tras exponer el panorama desolador, Blasi, sin transición alguna, expuso sus motivos de gozo. Elogió a Samper y la posibilidad de compartir la Nochevieja con tantos buenos amigos. Aunque fuera un tópico, el deseo de felicidad que se expresaba al principio de cada año formaba parte de una tradición encomiable. La gente lo necesitaba. Tenía derecho a prometerse felicidad.

Blasi terminó su monólogo:

—Especialmente ahora que el desastre se nos viene encima.

Tras el largo rodeo Blasi había alcanzado su objetivo. Bebió un largo trago de whisky, esperando las respuestas. Víctor se mantuvo en silencio mientras el senador y el sociólogo se disputaban el uso de la palabra recurriendo a sus autoridades respectivas. Se impuso Penalba:

—No seas exagerado. Ya sabes que te respeto a ti y a tu periódico. Pero el tratamiento que habéis dado a la cuestión de los exánimes ha sido desde el principio exagerado. Y debo decirte que en esto la sociedad es más prudente que vosotros. No ha magnificado el problema.

—Porque desconoce lo magnífico que es el problema —le interrumpió Blasi con mordacidad.

—No es eso, no es eso —se defendió el senador—. Todos somos responsables de haber llevado mal este asunto. No estábamos preparados para algo así. Pero se están encontrando soluciones. Según mis noticias el número de afectados está remitiendo.

—Creo que estás mal informado, senador —le dijo Blasi.

Penalba le sonrió, dándole unas palmadas amistosas en el hombro:

—No olvides que hay secretos incluso para los directores de periódicos mejor informados.

Ramón Mora, que había estado ansioso por hacerse oír, aprovechó para vengarse del senador:

—Pues no debería de haberlos. Si los políticos ocultáis los datos esto será pronto una dictadura.

Penalba no parecía dispuesto a perder el buen humor y contraatacó:

—Los sociólogos tenéis demasiados datos y con ellos hacéis demasiadas teorías.

Blasi se sumó al ataque:

—Por cierto, ¿cuál es la tuya? —dijo, interpelando a Mora.

Éste carraspeó, tratando de ganar unos segundos. Luego afirmó no tener todavía ninguna teoría firme, aunque, con algunos colegas, había empezado a estudiar las posibles raíces de lo que ocurría. Pensaban que era un tema delicado porque no podían trazarse fronteras rígidas entre la sociología y la psicología. Habló de circunstancias especiales en las que una comunidad inopinadamente queda sometida a traumas colectivos. Había sucedido en todas las épocas, muchas veces con causas difusas. Aludió a estadísticas recientes en las que los niveles de bienestar eran muy altos. Quizá todo era la consecuencia del miedo a perder tal bienestar. En cualquier caso era pronto para establecer juicios definitivos. Concluyó disculpándose al asegurar que, según sus informaciones, tampoco la comisión de expertos las tenía.

—Porque son unos asnos —añadió una voz.

Era Max Bertrán, que se había incorporado al grupo mientras hablaba el sociólogo. Con respecto a Bertrán el acuerdo era general: poseía la lengua más viperina de la ciudad. Su aspecto de fauno atildado reforzaba su fama. Sus críticas eran tan veloces como sangrientas y, a base de ejercitarse, había hecho de la maledicencia una pasión. Hubiera podido ser feroz, pero había algo en su actitud que anulaba sus tentativas de ferocidad. Era demasiado igualitario en su maldad. Al atacar a todos por igual sus zarpazos sólo producían ligeros rasguños. Además, era demasiado explícito. Eso hacía que su malignidad quedara emboscada en su simpatía. Se le admitía con placer. Las mujeres le buscaban para escuchar sus elogios envenenados y los hombres, para compartir sus delirantes embustes. Bertrán lo sabía y se embaucaba a sí mismo fingiendo que era un caballero capaz de complacer a unas y a otros. A falta de profesión, pues vivía administrando avaramente una pequeña herencia, el sarcasmo era su vocación. Y para ejercerlo se había adueñado del don de la ubicuidad: se le podía encontrar en cualquier lugar y en cualquier momento.

Víctor se alegró de su llegada, pensando que Bertrán tomaría la iniciativa. Lo hizo, pero dirigiendo contra él los primeros dardos:

—Te veo más delgado. Los premios no te convienen.

—Ya lo sé —dijo Víctor, sin ofenderse—. Pero yo no tengo la culpa.

—Sí, sí la tienes —replicó Bertrán—. Y éste.

Señaló a Blasi. El aludido se rió, moviendo su cuerpo de manera que pareciese que esquivaba el dedo acusador.

—Tenéis la culpa de haber convertido esta ciudad en un manicomio.

Blasi estaba encantado. Veía la oportunidad de utilizar a Bertrán contra Penalba:

—Pero, querido Max, ¿qué estás diciendo? El Consejo de Gobierno te desmiente. No hay locos, hay exánimes. Lo cual es muy distinto.

—Exánimes, exánimes. ¿A qué imbécil se le ocurriría este nombre? A alguno de tus periodistas.

—No, Max, no seas ignorante. Es un nombre científico. Lo ha aprobado el Senado.

Por fin Blasi consiguió su objetivo. Bertrán miró socarronamente a Penalba y dijo:

—El Senado, ¿qué es eso? ¿Una cueva de vividores?

Penalba sonrió, dando a entender que sabía que Bertrán le tomaría como víctima predilecta:

—Max, esto es una injuria que está penada por la ley. Podrías ir a la cárcel. ¡Y yo que te quería proponer para las próximas elecciones!

—Tengo mi dignidad. No puedo aceptarlo —replicó Bertrán.

—Lástima —concluyó burlonamente Penalba.

Bertrán, sin amilanarse, volvió a arremeter contra los expertos:

—Una comisión de asnos.

Él sí tenía un juicio establecido sobre lo que sucedía. Era la decadencia irreparable.

—Esto es sólo el inicio. A mí no me extraña. Yo ya lo venía pronosticando desde hacía tiempo. La ciudad está llena de idiotas, y esto se contagia. ¿Cuántos idiotas hay en esta casa? Yo he visto muchísimos. Casi todos. ¿Sabéis lo que pienso?: que vuestros malditos exánimes son la gente sana que intenta refugiarse frente a la idiotez. A mí me caen bien. Mucho más que otros.

Brindó por los exánimes. Iba a continuar pero fue interrumpido por una repentina invasión. Desde el salón entró una bulliciosa hilera de bailarines, encabezada por Samper. Iban uno tras otro, enlazados por la cintura, moviéndose y gritando al ritmo de la música. Víctor dedujo que la fiesta había entrado en su tramo culminante. Alejada ya toda reserva los invitados expresaban su alegría con un entusiasmo que rayaba el paroxismo. El uniforme oscuro de los hombres estaba manchado con purpurina y serpentinas. Algunos se habían despojado de sus chaquetas y exhibían sus camisas teñidas de sudor. Las mujeres se agitaban, envueltas en destellos y ajenas al desorden que la noche había depositado en sus maquillajes. Todos gesticulaban con furia incontenible, deleitándose en el caos de espasmos y bocas rugientes.

Viéndolos acercarse Víctor tuvo la súbita impresión de asistir a un trance grotesco. Por unos pocos instantes su imaginación le condujo a un inesperado cambio de decorado: hombres y mujeres desnudos, bailando alrededor de un fuego. Sus cuerpos estaban tatuados y sus caras, cubiertas con imponentes máscaras de animales. El resplandor de la hoguera iluminaba las pieles pintarrajeadas. Fuera del redondel todo era oscuridad. Sintió el contacto de varias manos que le palpaban el cuello y los hombros. Luego unos dedos le agarraron por el antebrazo. Varias bocas rozaban su cabello. Se dio cuenta de que todos habían sido incorporados a la comitiva, a excepción de Max Bertrán que pugnaba infructuosamente por evitarla. La pequeña silueta de fauno desapareció en el tumulto. Ya no había posibilidad de escapar. Una cabellera rubia se balanceaba ante sus ojos y, a sus espaldas, alguien que vociferaba le echaba el aliento sobre la nuca.

El cortejo recorrió varias habitaciones, siempre dirigido por Samper, hasta alcanzar una, enorme, cuyas paredes estaban revestidas con grandes espejos antiguos. El anfitrión la llamaba el salón de los espejos y él mismo se disculpaba de su dudoso gusto alegando que era un capricho extravagante. Probablemente aquel día pensó que era el lugar idóneo para el final de la fiesta y había hecho cubrir el suelo con globos de colores. Era un anfitrión cuidadoso.

Los invitados se lo agradecieron redoblando sus energías. Pronto reinó la más absoluta confusión. El estallido de los globos se mezclaba con los cánticos y las exclamaciones. Tras dar una vuelta en torno al salón la cadena de bailarines empezó a romperse por varios de sus eslabones. Algunos tropezaban y estaban a punto de caer. Otros caían voluntariamente, aceptando con docilidad las órdenes del alcohol que habían ingerido. Hubo dispersiones y reagrupamientos. Los más recalcitrantes intentaban continuar el baile, los más ansiosos de felicidad se deseaban, otra vez, un año inmejorable. La mayoría se sumió en una gimnasia de abrazos, corriendo de un lado a otro en busca de interlocutores a quienes abrazar. El efecto multiplicador de los espejos actuaba implacablemente, esparciendo fragmentos en secuencias inacabables.

Víctor vio a Ángela que se le acercaba. Reía. Todos reían. Blasi, Samper, el senador. Él también reía. Quería escapar pero reía. Nadie quería dejar de hacerlo, como si se hubiera impuesto la certeza de que mientras durara la risa aquel mundo en el que estaban encerrados no podría desaparecer.

VI

La resaca que temía David Aldrey se hizo notar con efectos inmediatos y a principios del nuevo año la ciudad se despertó con la cabeza confusa y el cuerpo embotado. Las fiestas de Navidad habían actuado como un oportuno analgésico pero cuando, tras ellas, cesaron sus efectos, la vida reapareció con un ropaje excesivamente áspero. El paisaje se tornó inhóspito, poniendo de relieve desacostumbradas arideces, como si la estepa, penetrando sigilosamente en la ciudad, se hubiera apoderado de muchos de sus bastiones. La temperatura exterior coincidió con la interior. Fue un enero extremadamente duro, con abundantes nevadas que blanquearon las azoteas y formaron un magma sucio sobre el asfalto. El frío se erigió en un enemigo cotidiano.

Otro frío, sin embargo, frente al que nada podían hacer el espesor de los abrigos y la combustión de las calderas, se instaló en las conciencias. El intruso no era el producto de una suposición. Tenía forma, era palpable, con tentáculos que llegaban a cualquier rincón. Ésta era la verdadera crudeza del frío. Mientras se pudo pensar que alcanzaba únicamente a algunos, seres invisibles que deambulaban en la periferia del dolor, no fue más que una vaga sombra sin consistencia. Golpeaba a otros, elegidos para ser golpeados por un azar adverso. Pero cuando se sintió que esos otros podían ser cada uno, hasta apresar a todos, la lejana sombra tomó el aspecto de un cielo negro y permanentemente encapotado. La igualdad en la amenaza llevó consigo la comunión en el miedo. El sentimiento de que algo esencial había sido arrebatado, y de que en adelante habría que vivir con tal pérdida, introdujo la tiranía de lo inseguro y la nostalgia de lo irrecuperable.

En aquellos días gélidos el caudal de afectados por la enfermedad aumentó de modo desorbitado. Las aguas malignas empezaron a rebasar los diques de contención, regando, con sus miasmas, la piel de la ciudad. El veneno penetraba por todos sus poros, y cualquier antídoto era insuficiente. Por primera vez hubo claros síntomas de terror en una población que, arrinconando su pudor y su disimulo, se vio empujada a sentir el sabor amargo del peligro. Y bajo el imperio del peligro las conductas se volvieron peligrosas. Las familias que antes, desesperadas, entregaban sus enfermos a los hospitales, ahora lo hacían con alivio y, aun, con rabiosa satisfacción. Los hogares vomitaban a sus envenenados, despreocupándose de su suerte. Nadie quería tener contacto con el mal.

Pero el temor al mal aprisionó a la ciudad en una red de odios, sospechas y acusaciones. Poco importaba que los exánimes fueran inofensivos en su terrible apatía. Portadores de un estigma fatal e incomprensible se les otorgó la imagen de agresores agazapados. Eran individuos que podían irrumpir a cualquier hora y en cualquier sitio para envolver con su desgracia. De enfermos a adversarios, los exánimes fueron tomando la forma de una quinta columna que actuaba impunemente en el seno de la comunidad. En las casas el vecino contemplaba con recelo al vecino y en las calles, el transeúnte al transeúnte. Cada ciudadano se impuso el deber de ser guardián de los demás.

Naturalmente esta actitud repercutió en todos los órdenes de la vida ciudadana. Donde se hizo sentir con más evidencia fue en los lugares de ocio. Bares y restaurantes vieron disminuida drásticamente su clientela. Algunos cines tuvieron que suspender sus proyecciones por falta de espectadores. Se aplazaron conciertos y representaciones teatrales. Las competiciones deportivas languidecieron. La mayoría sólo abandonaba su casa para ir en busca de lo imprescindible. Y lo imprescindible, como pronto se dedujo, era sobre todo el alimento y el salario. Hubo acumulación de provisiones y, con ello, el temor a un futuro desabastecimiento. Se mantuvo la disciplina laboral pero nadie se atrevía a pronosticar hasta cuándo podría mantenerse.

El Consejo de Gobierno, aunque pretendió prolongar la prudencia, acabó legislando con rotundidad. La inicial serenidad de la población durante el mes de diciembre le había sorprendido agradablemente. Ahora la sorpresa era de signo contrario. El estado de ánimo que denotaba la ciudad exigía intervenciones severas. Se convocó, de nuevo, al Senado a una sesión urgente, si bien esta vez con la intención de despojarlo de sus atribuciones. No fue disuelto, pues se continuó estimando necesario preservar las formas, pero se anuló su poder. No tenía sentido, se dijo, proceder a largas deliberaciones cuando lo que la situación reclamaba era rapidez. El partido gubernamental y el de la oposición se pusieron de acuerdo para que este último entrara en el Consejo. Mientras se engrasaba la maquinaria de los decretos se informó solemnemente a los representantes del pueblo que las hermosas discusiones debían ser postergadas para tiempos mejores. Los senadores, sin argumentos para defender la rentabilidad de sus voces, aceptaron sin resistencia la utilidad de su silencio.

Uno tras otro, los decretos fueron promulgados con celeridad. El primero y más importante era, por supuesto, aquel que sancionaba la legitimidad de gobernar por decreto durante un período provisional. Gracias a ello se supo que había comenzado oficialmente la provisionalidad. La ley no permitía vislumbrar cuándo terminaría. Sin embargo, esto no parecía amedrentar al Consejo de Gobierno que, en pleno ímpetu legislador, cuidaba con esmero el redactado de sus disposiciones de modo que acabara siempre con la misma indicación: provisionalmente. Y así, provisionalmente, se introdujeron la censura en todos los medios de comunicación y la policía en todos los rincones de la ciudad.

Ya avanzado el mes de enero el escenario urbano ofrecía un aspecto singular, como si en él se librara una batalla que, sin embargo, no dejaba signos de destrucción. Todo estaba intacto. No había ruinas ni ningún otro indicio devastador. No se veían fuerzas que combatieran entre sí. Nadie guerreaba y, no obstante, se afianzaba la certidumbre de que, efectivamente, una guerra tenía lugar. A ello contribuía, sin duda, la constante presencia de patrullas policíacas y la cada vez más insoportable exhibición de ambulancias. Pero, todavía más que estas señales visibles, la certidumbre de la guerra se sustentaba en lo invisible. Era lo que no se veía lo que la hacía palpable. Era su irrealidad lo que la hacía verdadera.

El que los periódicos, las emisoras de radio o las televisiones, sometidos a la censura, dieran constancia de la paz reinante únicamente ayudaba a alimentar el sentimiento de guerra intangible. Los partes bélicos, elaborados por portavoces anónimos, se propagaban espontáneamente, excitando el miedo pero asimismo la fruición ante lo prohibido. En consecuencia, los frentes de batalla se multiplicaron. Se habló de disturbios en los barrios periféricos, acompañados de represiones sangrientas. También se aludió a un cierre inminente de las escuelas y no faltaron los informadores, siempre etéreos, que pronosticaron quiebras comerciales y despidos masivos. Entre tanto, la imaginación popular, espoleada por las murmuraciones, incrementaba generosamente la cantidad y el peligro de los exánimes. Desconociéndose la cifra aproximada se hacían cálculos tan abultados que pronto se dejó de hablar de individuos, prefiriéndose la imagen de una multitud informe que se desparramaba por los recovecos de la ciudad. Los afectados por el mal pasaron de ser algunos a ser muchos. Sin embargo, la continua repetición de que eran muchos rompió las fronteras de cualquier magnitud: entonces, sencillamente, fueron eso o aquello, una presencia que se evocaba con una mezcla de crueldad y terror. La imaginación, aliada con la censura, conformó un demonio que se agigantaba sin cesar.

En estas circunstancias los mensajeros de la desdicha actuaron con indiscutible eficacia, descargando los rumores en los oídos ávidos de la población. Cuanto más sombrío era el mensaje mayor era el éxito de su impacto. De ahí que, mientras a las informaciones oficiales se les otorgaba escaso valor, las suyas, ricas en conjeturas, eran escuchadas con morboso interés. Esto se puso de relieve cuando el Consejo de Gobierno hizo público, a través de una nota difundida por los periódicos, la creación de unos centros de acogida destinados a subsanar la insuficiencia de los hospitales. De inmediato estos centros dieron pábulo a innumerables sospechas contradictorias. Unos pocos, invocando la piedad, denunciaban el hecho, alegando que habían oído hablar del hacinamiento en que se encontraban los internados y de la escasez de los medios empleados para cuidarles. La minoría piadosa creía que se les había encerrado para someterles a una muerte lenta. Otros, los más, suponían una situación opuesta, manifestando su desagrado por la imprudencia de las autoridades. Para ellos los centros de acogida no garantizaban la seguridad de los ciudadanos. Contaban detalles macabros de lo que sucedía en su interior y exigían protección frente a eventuales agresiones. No obstante, unos y otros tenían algo en común: todos se declaraban ajenos al mal. Ningún familiar, ningún amigo, ningún conocido había sido afectado por éste. El mal se iba extendiendo a través de los demás.

Víctor le comentó a David estos rumores. Éste se mostró, en parte, sorprendido. Paradójicamente el hecho de hallarse, de manera cotidiana, en el ojo del huracán, le hacía ignorar algunos de sus efectos devastadores. Aferrado a su condición de médico no entendía que pudieran realizarse fantasiosas especulaciones. Para él una enfermedad era una enfermedad, por rara y desconocida que fuese. Cuando Víctor le colocó ante la evidencia de admitir que el problema había dejado de ser exclusivamente sanitario el doctor Aldrey expresó su desagrado.

—Lo reconozco. Era de prever, pero eso no

quita que me fastidie todo lo que me dices. No ganaremos nada con leyendas siniestras. Nuestra obligación es tratar de luchar contra el dolor que sufre esta gente. Esto no puede durar indefinidamente. Aunque continuara, nuestra obligación sería la misma.

Era obvio que, en medio del seísmo, Aldrey había decidido no moverse ni un ápice. Estaba seguro de cuál era su deber y pensaba obedecerlo estrictamente. No le importaban las habladurías. Vivir en el constante fracaso de sus esfuerzos no le impedía considerar que, en aquellos momentos, su obligación era ser útil. Sus largas jornadas laborales, sostenidas con determinación ascética, habían grabado ya huellas en su rostro. Estaba demacrado y muy pálido. Víctor le preguntó qué sabía de aquellos centros de acogida que daban tanto que hablar.

—No mucho. Estoy todo el día en el hospital y por ahora permaneceré allí. Conozco médicos que han sido destinados a estos centros. Aunque mejor sería decir que han sido movilizados. También lo ha sido el personal sanitario. Se han dado indicaciones a los médicos para que abandonen sus despachos particulares y se ocupen de los centros. Ha habido muchos voluntarios. Los reticentes están recibiendo órdenes terminantes. Por lo que sé no son, desde luego, lugares ideales. Han sido improvisados a toda prisa. Escuelas, hoteles, algún cuartel. No lo sé exactamente. Tampoco sé cuántos hay. Falta de todo. Se dice que pronto llegará ayuda del extranjero. En cualquier caso no pienso que la situación sea peor que en los hospitales.

Tras hablar con Aldrey, Víctor llamó a Blasi. Estaba enfurecido:

—No sabes lo estúpidamente difícil que se ha vuelto hacer un periódico. Nos rompemos la cabeza todos los días tratando de explicar lo que no pasa. Es la absoluta miseria.

Se explayó contándole las terribles dificultades impuestas por la censura. Todo eran informaciones oficiales. Se podía hablar de lo que pasaba en el exterior pero no de lo que ocurría en la ciudad. Se podía hablar del pasado y del futuro pero no del presente. Los periodistas se habían transformado en cronistas que rastreaban en épocas anteriores o en augures que pronosticaban tiempos prometedores. El presente no existía.

—¡Y el periodismo es el presente! —exclamó Blasi, entre abatido y orgulloso de su profesión.

Víctor le interrogó por los centros de acogida. Dijo no saber nada más de lo que decían los rumores. Seguía con su ataque de furia:

—¿Sabes quién dirige la censura?

—No —contestó Víctor.

—¿Te acuerdas de Penalba?

—¿El senador de la fiesta de Nochevieja?

—Sí —concluyó Blasi—. Este inepto ha entrado en el Consejo de Gobierno y ahora dirige la censura. De vez en cuando viene a husmear por aquí y engorda de satisfacción.

Volvió a marcar el número de *El Progreso*, pero esta vez para pedirle a la operadora que le pusiera en comunicación con Arias. Tardaron varios minutos en encontrarlo. Cuando, por fin, se puso al aparato, Arias parecía el hombre más alegre de la ciudad. Tarareaba una canción y se empeñaba en seguir haciéndolo mientras Víctor le hablaba.

—¿Qué te pasa?, ¿te han ascendido? —le preguntó éste.

No lo habían ascendido. Simplemente estaba contento porque, según sus previsiones, muy pronto se podría eliminar la cartelera. Confiaba en que se cerraran todas las salas de espectáculos, observando en ello la posibilidad de su pequeña revancha personal contra el periódico que iba a jubilarle. Víctor dejó que se extendiera en sus planes de desquite. Luego le pidió ayuda para visitar alguno de los centros de acogida. Arias mostró un aparente desinterés. Únicamente cuando le insistió, recordándole sus dotes de periodista a la vieja usanza, el perro callejero aceptó su demanda:

—Veré lo que puedo hacer. No te aseguro nada.

Le citó, tres días después, en un escuálido bar situado enfrente del edificio de la Bolsa. Víctor llegó con antelación y, en lugar de esperar a Arias en el bar, optó por dirigirse al palacete neoclásico que albergaba el mercado de valores. Hacía años había hecho un reportaje fotográfico en aquel sitio. La excitación del dinero ofrecía abundante materia prima para un cazador de imágenes. Desde entonces no había vuelto a entrar.

El escenario era el mismo pero el ambiente había cambiado. Estaba medio vacío, sin aquella frenética gimnasia de gestos que revelaba las fluctuaciones de la ambición. Tenía nítidamente grabada en la memoria aquella gimnasia única: los cuerpos contraídos en su máxima tensión, las caras oscilantes y ansiosas, los dedos nerviosos apuntando hacia tesoros intangibles. Un coro denso de voces roncas que se perdían en el estruendo general. Todos contra todos en un combate aritmético, sin sangre, en el que los vencedores sufrían el mismo desgaste que los vencidos y en el que el botín, por el que habían luchado con tanto ardor, se desvanecía bajo el alud aséptico de los números. Pero eso no importaba a aquellos adoradores de cifras. Parecía, más bien, que los estimulaba como una droga secreta cuyo goce los profanos ignoraban.

Esta vez, sin embargo, la Bolsa estaba lejos de su esplendor. A Víctor le pasó por la cabeza que se asemejaba mucho a un casino que, fuera de temporada, intenta mantener su magnificencia, con la mayoría de las mesas cerradas y con los apostadores demasiado precavidos. Imperaba la discreción. Todos los servicios funcionaban haciendo caso omiso de la escasez. Los paneles electrónicos transmitían las operaciones mercantiles del mundo entero, empeñados en mostrar la fraternidad del dinero. Pero los mercaderes locales se movían con la cautela de quienes, súbitamente, habían sido arrastrados a la condición de hermanos separados. Se negociaba sin alardes, se vendía mal y se compraba poco. Las voces, antes desafiantes, habían perdido energía y los ojos, depredadores hasta hacía muy poco, emitían destellos de añoranza.

A la salida de la Bolsa, Víctor divisó a Arias

mientras cruzaba el umbral del bar. Tomaron un café rápido y, a continuación, se dispusieron a andar sobre los restos de nieve ennegrecida. Pese al frío Arias se empeñó en ir caminando. Ya no estaba de buen humor, y su delgada figura, enfundada en un abrigo demasiado grande, parecía que podía romperse en cualquier momento. Anduvieron en silencio hasta llegar a una construcción con apariencia de escuela. Estaba rodeada de un amplio patio, pobremente ajardinado, por donde deambulaban aburridos algunos policías. Por la inscripción frontal Víctor pudo comprobar que se trataba, en efecto, de una escuela.

Los trámites para entrar fueron breves. Arias tenía preparadas sus conexiones y éstas demostraron ser asombrosamente fluidas. Un teniente de la policía les franqueó el paso. Ya en el interior Arias le informó:

—Somos funcionarios del departamento de sanidad y ésta es una visita de inspección.

Pero nadie se interesó por ellos. Nadie vigilaba ni nadie preguntaba. El desorden y la improvisación habían impuesto su propia lógica de modo que, habituados ya a la confusión, los individuos que trabajaban allí se movían de un lado a otro con indiferente eficacia. Hombres y mujeres vestidos con el uniforme blanco que les distinguía como guardianes cotidianos de la enfermedad. Sin embargo, en sus caras no se apreciaba ninguna secuela del continuo roce con el mal. Simplemente convivían con él buena parte de su existencia diaria. Como conocedores íntimos del dolor habían dejado atrás, en el camino, su capacidad de sorprenderse ante sus veleidades.

Y, no obstante, aquél era un dolor refinado. Se participaba en su seno, sin alardes ni ostentaciones. No permitía la brillantez del desgarro ni la grandeza de la resistencia. Ni siquiera, combatido, dejaba vislumbrar el valor de una actitud o la dignidad de una conducta. Arrasaba, por contra, con brutalidad igualitaria, hundiendo a sus elegidos en un pantano de inanición.

Víctor, de nuevo, los contemplaba. En las aulas se habían sustituido los pupitres por literas. Los exánimes, separados por sexos, ocupaban caóticamente sus habitaciones. Los más estaban echados en las literas, en completa inmovilidad. Otros estaban contra las paredes, de pie o sentados sobre el suelo. Muy pocos caminaban. Los que lo hacían se tambaleaban ligeramente, desplazándose con lentitud. Ellos también llevaban ya su propio uniforme, de color marrón oscuro. Sus cabezas habían sido rapadas. La explicación, según comentó Arias, era sencilla: en su situación debían extremarse la funcionalidad y la higiene.

—De todos modos, son realmente presidiarios —añadió, descontento de su anterior comentario.

Víctor disparaba su cámara hacia objetivos impasibles. De vez en cuando le miraban, sin ningún tipo de reacción. Confirmó para sí mismo que no publicaría aquellas fotos, y esto amortiguó su tensión, ayudándole a reflexionar. No era, desde luego, habitual que reflexionara mientras manejaba la cámara. Consideraba que aquéllos eran momentos de acción. Pero esta vez sucedía lo contrario. Cada instantánea parecía repercutir en su mente hasta llegar a tener la impresión de que la lente por la que observaba le proporcionaba imágenes que habitaban en su interior. Nunca, previamente, había tenido la sensación de retratar sus propios pensamientos.

Vio que quería tener compasión pero que, por alguna razón indeterminada, no conseguía tenerla. También vio que éste era un hecho particularmente grave. ¿Desde cuándo era así? Posiblemente desde hacía mucho tiempo, aunque ahora todo se había hecho más evidente. En algún lugar ignorado del trayecto había perdido su capacidad de compasión. Durante años no la había necesitado, de modo que se arraigó su imposibilidad de sentirla. Tampoco la sentía en estos momentos, rodeado de seres deshauciados que la reclamaban silenciosamente. Sentía sólo algo mucho más neutro: malestar. Un malestar incordiante producido por la cercanía de cuerpos sin fuerza que le enseñaban cómo, antes o después, su cuerpo debería seguir igual rumbo. El monstruo fláccido esparcía a su alrededor sus bocanadas de debilidad.

—Vámonos de aquí —le interrumpió Arias—. Estoy harto de estos tipos.

Durante el camino de regreso Arias habló animadamente. No parecía impresionado por las escenas que había contemplado. Para él todo evolucionaba según una lógica que ya había previsto y estaba contento de que así fuera.

No era, desde luego, claro en qué consistían las supuestas previsiones, a las que se refería veladamente. Daba la sensación de que, desde hacía tiempo, estaba preparado para lo que, de manera inevitable, debía ocurrir. La ciudad había sucumbido a la desgracia antes de que se apercibiera de ello. Él lo sabía.

—La gente no se daba cuenta. Yo miraba donde nadie lo hacía. Miraba las cloacas y allí había toda la información.

Se hizo acompañar por Víctor hasta su casa. Era un piso modesto del barrio portuario. Desde que había enviudado, hacía cuatro años, Arias vivía solo, con la única presencia enjaulada de un canario. Por todas partes se amontonaban periódicos amarillentos y, en las paredes, las fotos familiares se alternaban desordenadamente con fotos dedicadas de boxeadores. Arias se acordaba con exactitud de la fecha de cada una de ellas y le hizo a Víctor una pormenorizada explicación de las circunstancias en las que fueron tomadas. La vida junto a su mujer se mezclaba con los combates de boxeo en una sola secuencia. Tanto la una como los otros aparecían interrumpidos al mismo tiempo.

Durante la cena, que Arias preparó con nerviosa celeridad, continuó hablando de boxeo. Se refirió a un lejano campeón de su juventud que militaba en los pesos medios, la categoría que más admiraba porque, según decía con entusiasmo, combinaba mejor que ninguna otra la técnica y la fuerza:

—Cuando hizo su última pelea tenía ya más

de cuarenta años. Era el mejor boxeador que nunca he visto. Sólo había perdido dos veces, por puntos. Aquel día reaparecía después de tres años sin combates. Su adversario, el otro aspirante, era joven, en la plenitud de su carrera. Fue una pelea impresionante, te lo aseguro. A partir del séptimo asalto empezó a sangrar terriblemente por la ceja izquierda. Siempre me acordaré porque, desde aquel momento, el otro intentó golpearle en ese lugar. Los asaltos finales fueron inolvidables. Estaba perdiendo. Cada vez se le veía más fatigado y ya no reaccionaba como al principio. Quedó arrinconado contra las cuerdas. El otro era una máquina de boxeo. En el último descanso yo pensé que sólo un milagro podía salvarle. Me pasé el minuto rezando. Era muy querido y creo que casi todos los espectadores rezaron. Y hubo un milagro. El asalto empezó como los anteriores, con él contra las cuerdas. Estaba inmóvil, defendiéndose como podía. En realidad, aunque nadie del público podía suponerlo, esperaba su oportunidad. Su única oportunidad. Y llegó. De repente, sacando fuerzas de no sé dónde, soltó un derechazo brutal. El otro se detuvo, totalmente sorprendido. Hubo una pausa, seguramente muy breve, pero que a mí me pareció larguísima. Le siguieron tres golpes secos. Sólo tres. Me acuerdo como si fuera hoy. Dos en el estómago y uno en la cabeza. Su adversario se desplomó. Él estaba también a punto de caerse. Seguramente si la pelea hubiera durado unos segundos más se habría hundido. Pero ganó.

Tras la cena Arias quería continuar repasando sus viejos tiempos. Víctor hizo ademán de marcharse pero fue retenido con el ofrecimiento de un coñac.

—No te vayas todavía. Nunca tengo invitados.

Se quedó. Bebieron varias copas de aquel pésimo coñac que a Víctor le subía a la cabeza con la misma violencia que los golpes descritos por Arias. Éste, sin embargo, abandonó su crónica pugilística y, dando un giro improvisado en sus preferencias, se declaró ferviente amante de la ópera.

—Creía que no te gustaba ningún espectáculo —le replicó Víctor.

Y era cierto. Arias nunca había asistido a ninguna representación de ópera pero se sabía de memoria arias enteras. Inmediatamente quiso demostrarlo. Entonaba bien, aunque su voz gangosa destrozaba todas sus tentativas. Cada vez retrocedía, empezando de nuevo. Pronto dejó de lado la solemnidad de sus primeros intentos para parodiar sus propias interpretaciones. También a él el coñac le había subido a la cabeza. Se puso a hacer extraños ademanes. Muy serio, como un niño, con una seriedad franca.

—Hazme una foto mientras canto —pidió.

Víctor le hizo varias, con la sensación de fotografiar un tiempo que pronto desaparecería para siempre. No había en ello ningún rastro de tristeza: el coñac, maltratándole el cuerpo, le hacía participar de una escena decididamente cómica.

VII

Los fríos intensos se prolongaron a lo largo de todo el invierno poniendo en duda la llegada de la primavera. Cuando ésta por fin llegó, con cierto retraso en relación a las exigencias del calendario, la ciudad, indiferente, permaneció sumida en su particular invierno. Las expectativas taumatúrgicas que algunos habían albergado resultaron defraudadas y la bonanza del clima no sirvió para extirpar el frío de los corazones. El tipo de existencia que se había ido imponiendo en los meses invernales se mantuvo inalterado. Un indicio resumía todos los demás: el paseo había sido abolido. Las calles, desde luego, no estaban vacías. El tráfico de vehículos era denso, como siempre, y muchos transeúntes seguían ocupando las aceras. Pero nadie paseaba. El inicio de la primavera no cambió la situación, como quizá hubiera sido de esperar. Los ciudadanos consumían con prisa sus trayectos, sin entretenerse ante los escaparates de las tiendas ni detenerse en las terrazas al aire libre que en aquella época, como cada año, resurgían frente a los establecimientos de las principales avenidas.

—Esto es el espíritu de la fortaleza —había sentenciado Max Bertrán una mañana en que se encontró casualmente con Víctor delante de la terraza desértica de un café de renombre—. El año pasado hubiera sido casi imposible encontrar una mesa libre.

Era una expresión certera porque, efectivamente, parecía que el espíritu de la fortaleza se había apoderado de la ciudad, de modo que sus habitantes tenían una constante necesidad de refugio. Cotidianamente sus incursiones, más allá de las murallas de sus casas, les conducían a los centros de trabajo y aprovisionamiento, para, a continuación, correr a resguardarse en sus madrigueras. Lo superfluo había ido cediendo terreno a lo imprescindible, debilitándose hasta tal punto la vitalidad social que daba la impresión de que una ley de hierro, ruda y arcaica, hubiera aplastado el complejo entramado de leyes que encauza la conducta de una comunidad moderna. Podía incluso afirmarse que la ciudad, sin abjurar explícitamente de su refinada civilización, había sufrido un brusco retroceso en la historia, descendiendo hasta estadios primitivos del comportamiento humano. Y, así, en la cumbre de su progreso, segura hasta hacía muy poco de su bienestar, experimentaba lo que era la lucha por la supervivencia en un entorno hostil.

A esta realidad, alejada de toda previsión pero tal vez comprensible por la fuerza agobiante de las circunstancias, se le superponía otra, incomprensible, que reforzaba la hipótesis de Bertrán: la ciudad no sólo actuaba, en sus instancias interiores, de acuerdo con el espíritu de la fortaleza sino que ella misma era ya una fortaleza. Era una ciudad aislada del mundo exterior sin que, no obstante, nadie hubiera cerrado las puertas.

La paulatina disminución del número de forasteros, hasta llegar a su práctica desaparición, constituyó un hecho penoso por cuanto acrecentó en los ciudadanos la idea de habitar una ciudad marcada. Nadie la visitaba por placer y los que lo hacían por obligación, debido a los vínculos comerciales que mantenían, se limitaban a estancias precipitadas. El Consejo de Gobierno consiguió asegurar el intercambio mercantil pero, fuera de este aspecto fundamental para la población, fracasó en sus intentos de restablecer una imagen de normalidad a los ojos exteriores. Excepto a algunos aventureros curiosos y a algunos voluntarios del humanitarismo, que se ofrecieron a colaborar, a nadie se le ocurría viajar a la ciudad marcada.

Aunque era un hecho difícil de aceptar con resignación nada podía hacerse para evitarlo. El estigma, al propagarse más allá de las fronteras, infundía temor y ahuyentaba a los visitantes. Sin disimular la rabia que esto producía hubo, sin embargo, que admitir la coherencia que entrañaba. Lo realmente incoherente era que el espíritu de la fortaleza también actuara en sentido inverso: nadie salía de la ciudad. No hubo explicación capaz de justificar esta actitud y, lo que resultaba más asombroso, nadie la ponía en entredicho. Fue un proceso lento que fue afirmándose a medida que transcurría el invierno. En las primeras semanas, tras estallar la crisis de los exánimes, los hábitos apenas se modificaron y la gente abandonaba la ciudad según los ritos acostumbrados. Viajaba, como lo había hecho siempre, o acudía a la casa de fin de semana. Luego se redujeron los ritmos, con salidas cada vez más esporádicas. Finalmente, a no ser a causa de una urgencia, se produjo una renuncia drástica a emprendrer cualquier viaje. Cuando, debido al crecimiento del mal, parecía más aconsejable la huida, la ciudad, concentrada en sí misma, ejercía una atracción insuperable sobre sus habitantes. Un muro, tan invisible como invulnerable, rodeaba férreamente su perímetro, separándola del mundo exterior y recluyéndola en el suyo propio.

En el interior de la fortaleza todo transcurría entre la oscuridad de la rutina y los relámpagos de la agitación. La vida, estrechando su silueta, se había hecho mínima, elemental, una sombra de su significado. Las normas excepcionales, con las que se había tratado de contener la situación excepcional, la habían despojado de ornamentos, mostrándola en su seca desnudez. Acabado abruptamente el banquete el convidado, antes seguro de su suerte, se había visto transformado en un harapiento mendigo al que correspondía alimentarse con las migajas. Y el mendigo aprendía a serlo, adaptándose obedientemente a su recién inaugurada miseria, sin dejar de soñar en aquel banquete del que, en un tiempo muy próximo, creía participar.

La nueva miseria, sometida a la disciplina, conducía a la mansedumbre pero, simultáneamente, el sueño del mendigo excitaba las acusaciones y las esperanzas. Se buscaban febrilmente los orígenes del mal que había cercenado la opulencia de la vida y, cada vez con mayor desprecio, se rechazaban cuantas explicaciones razonables trataban de dar las autoridades. Los caminos de la ciencia, que hasta entonces no habían llevado a ninguna parte, extraviándose en la espesura de las promesas incumplidas, fueron juzgados abiertamente como callejones sin salida en los que cualquier posibilidad de salvación quedaría atrapada sin remisión. Como consecuencia, muy pronto pareció aconsejable recurrir a otros caminos.

Los templos se llenaron. Hacía tanto tiempo que esto no sucedía que la mayoría de los nuevos fieles tardó en familiarizarse con las ceremonias litúrgicas. La religión no formaba parte de las necesidades anteriores y, si bien había sido conservada como se conservan las antiguallas respetables, apenas tenía influjo alguno. Dios vagaba perezosamente entre vapores de incredulidad. No era negado pero tampoco tomado en consideración, con la salvedad de breves momentos en que era invocado más por costumbre que por convicción. En aquellos días, despertando del sopor al que había sido destinado, resurgió como gran protagonista y arrastró a la multitud hacia sus dominios.

Dios era la palabra con que el renacido fervor trataba de conjurar el mal. Al principio esto desconcertó a los propios sacerdotes que, aunque veían con agrado el renacimiento de la fe, vacilaban ante su misión. Tras largos años al servicio de un jardín baldío les costaba apreciar el vigor de la inesperada floración. Era como si hubieran olvidado el poder que, en otras épocas, habían detentado. Muchos sacerdotes, con sus liturgias repetitivas, decepcionaron a aquellos feligreses ávidos de escuchar soflamas acusadoras y apologías de la esperanza. Otros, sin embargo, aprendieron con rapidez la alquimia que se les demandaba y, muy pronto, algunos templos gozaron de un prestigio especial.

Los predicadores competían entre sí para ganarse el favor del público. Y bajo el fragor de los púlpitos el pecado, después de su dilatada caída en desuso, adquirió un auge extraordinario. En boca de los oradores se transformaba en el término preciso para designar el origen del mal que corroía la existencia de la entera comunidad. El atrevimiento en el dibujo de sus contornos aumentaba en proporción al deseo del público de ser introducido en círculos cada vez más tenebrosos. En los titubeos iniciales el pecado fue identificado tímidamente con una falta de sensibilidad moral. Más tarde, consolidada la idea de que la culpa estaba en la raíz de todo cuanto acontecía, el pecado se adornó con cualidades crecientemente abismales. Se habló, por parte de los más cautos, de la ausencia de Dios. Pero eso pareció insuficiente a los más osados que, primero con moderación y luego con entusiasmo, apuntaron a la presencia del demonio.

Fue de este modo, con asombrosa facilidad, que el demonio fue rescatado del desván de los trastos inservibles para ser presentado en público como el gran maestro de ceremonias que dirigía sibilinamente toda la función. La ciudad recibió con beneplácito la irrupción del gran instigador, preguntándose muchos por qué habían tardado tanto en percibir su llegada. Por fin, gracias a él, era posible reconocer la causa de la desgracia. Los mejores predicadores, aquellos que conseguían llenar día a día sus iglesias, ofrecían detalles exuberantes sobre el poder del demonio, el cual, metamorfoseándose por obra de sus comentaristas, pasaba de ser un tentador sutil a ser un destructor pavoroso. Frente a él sólo eran útiles el sacrificio y el rezo. Y consecuentemente la ciudad, aunque inexperta en estas prácticas, se volcó en la expiación y la plegaria organizando demostraciones masivas de devoción.

Pero éste fue únicamente el aspecto más visible de la lucha contra el demonio. Hubo otros, subterráneos, donde se pugnaba con la amplia cohorte que él había traído consigo. Ante la cercanía íntima del procreador de la desdicha se acrecentó el ansia de saber quién caería en sus garras y quién, por el contrario, lograría escapar. La tómbola de la desgracia, que premiaba generosamente a la ciudad, empujaba a interrogar a la tómbola de la fortuna, y la religión, que informaba en abundancia de aquélla, se mostraba avara sobre ésta. Los sacerdotes eran idóneos para demostrar que los males del presente estaban arraigados en el pasado pero se pronunciaban escasamente sobre el futuro. Para saber si el edificio de la culpa tenía fisuras por donde huir se necesitaban adivinos.

A la sombra próspera de los sacerdotes se multiplicaron los adivinos. Unos y otros se complementaban a la perfección pues si a los sermones se les pedía una solemne severidad, los vaticinios eran observados como una garantía de consuelo. La ciudad se llenó de señales premonitorias y de augures que interpretaban dichas señales. Para las mentes que permanecían apegadas a los beneficios de la ciencia moderna lo que resultó más sorprendente fue la prontitud y vehemencia del fenómeno. Era como si el suelo firme de la razón, tenido por inalterable durante tanto tiempo, se hubiera resquebrajado sin defensas, dejando al descubierto concepciones que parecían sepultadas para siempre. Súbitamente frágil, el suelo se abría supurando excrecencias que, al contacto con la atmósfera propia del miedo, se convertían en sólidas realidades. El mundo, encharcado su presente en las aguas pútridas de lo incomprensible, depositaba su futuro en las trayectorias de los astros, las líneas de la mano o las figuras de los naipes.

Los adivinos proliferaron por doquier pero, al igual que ocurría con los predicadores, se estableció una jerarquía entre ellos. Los más frecuentados eran aquellos que demostraban más pericia en aunar la sinuosidad de la predicción con la complacencia en el pronóstico. Es cierto que los ciudadanos más humildes se contentaban con profetas expeditivos que no exigían demasiados informes para formular tajantes conjeturas. Por módicas cantidades siempre favorecían al cliente. Cuanto más elevado era el estamento social de los solicitantes de augurios mayor era la sofisticación del método que debía proporcionarlos. De este modo, los catadores más refinados del porvenir procedían a intrincadas averiguaciones en remotos saberes esotéricos. La complejidad del sendero era altamente valorada por los iniciados que pagaban respetables sumas de dinero por la adquisición de enigmáticos oráculos.

Sin embargo, tanto los que recurrían a los modestos profetas de barrio como los que se confiaban a adivinos más eruditos tenían en común la fe en las secretas indicaciones que recibían. Para todos ellos se había hecho decisivo aquello que antes carecía de significación. En las conversaciones irrumpió un lenguaje enrevesado que recorría horóscopos y cábalas. Su posesión hacía que cada uno, en cierto modo, se erigiera en vaticinador de sí mismo. Muchos se convirtieron en buscadores cotidianos de signos. Los había por todas partes. En el cielo, en el vuelo de los pájaros, en la disposición de las nubes, en los rótulos de los establecimientos e, incluso, en el número de latidos del corazón. Se investigaban los sueños vividos durante la noche y se estudiaban las circunstancias en que transcurría el estado de vigilia. Cualquier signo, por irrelevante que fuera, adquiría singular importancia, de manera que lo que anteriormente se juzgaba como producto de la casualidad ahora era contemplado como expresión de un sentido que, no por oculto, era menos decisivo. Cada día que pasaba contenía la suficiente materia prima para tejer y destejer numerosas veces el futuro.

Max Bertrán se burlaba de sus conciudadanos mientras sorbía con fruición su vermut. La terraza en la que se habían sentado seguía casi solitaria a pesar del agradable calor que proporcionaba el sol primaveral. Únicamente otras dos mesas estaban ocupadas por parejas que hablaban en voz baja.

—No está nada mal: hemos vuelto a la Edad Media. Las iglesias llenas y nigromantes en cada esquina. Nunca había oído tantas tonterías juntas. Antes de que te des cuenta ya te han cogido la mano para leerte la fortuna. Estoy hasta las narices de los astros. ¿De dónde habrán salido tantos quiromantes y astrólogos? Y no creas que es cosa de analfabetos. Conozco nombres ilustres que hacen cola para visitar a sus brujos.

Bertrán, como buen ocioso, disponía del tiempo suficiente para fisgonear en los entresijos de la ciudad. Su especialidad eran los ambientes poderosos, a los que decía pertenecer, pero frente a los que presumía mantener una displicente distancia. Nadie, como él, era capaz de vincular los apellidos que detentaban el poder, elaborando complicados árboles genealógicos que se ramificaban a través del comercio, la política y las finanzas. Gracias a su memoria, y a su malicia, era un cronista irónico que mezclaba despiadadamente lo público y lo privado reduciendo las grandes palabras que regían la vida social a meras intrigas de familia. Bajo su sarcasmo la ciudad era únicamente un conglomerado de tribus entre las cuales la más adinerada era su objeto predilecto de análisis.

—Por la mañana van a la iglesia y por la tarde organizan sus aquelarres —continuó Bertrán—. Yo naturalmente me hice invitar a uno de ellos. Gente distinguida que se reunía a media tarde para tomar el té. Había, entre nosotros, una pitonisa. Era una mujer ridícula cargada de bisutería. Se pasó el rato diciendo estupideces pero, puedes creerme, todos la reverenciaban como si estuvieran en Delfos. Le reían las gracias y cuando se ponía seria todos se ponían también serios. Entre galletita y galletita nos preguntaba a cada uno nuestra fecha y hora de nacimiento. Luego hacía cálculos maravillosos mediante tremendos galimatías de órbitas y ascendientes. Todas las conclusiones, por una cosa o por otra, eran siempre positivas. Yo, como puedes imaginarte, le mentí en todo. Le cambié el día y el mes. Por supuesto dio lo mismo: como los otros tengo un gran porvenir.

Víctor se rió.

—Entonces ya no hay problema si todos se quedan tan tranquilos.

—Pues no —le dijo Max Bertrán, chocando los nudillos con la superficie de la mesa—. Esto es lo bueno. No se quedan tranquilos y al cabo de dos o tres días organizan otra velada para que cualquier otro brujo les vuelva a tranquilizar. Hay una auténtica caza del brujo, cuanto más extravagante mejor. Nada es más elegante que contratar a un embaucador con clase con el que admirar a los amigos. Por lo que me han contado se consiguen magos de todo tipo pero lo más selecto es poder presentar a alguien con profundos conocimientos de la antigua sabiduría egipcia. Éstos son los que van más buscados.

—No deja de ser divertido que estafadores de poca monta se rían en su cara y, encima, les saquen el dinero —comentó Víctor.

—Sí, es verdad —aceptó Bertrán—. Son estafadores inofensivos para tontos a los que les ha entrado la furia de dejarse estafar. Pero puede que haya otros más peligrosos que no van a tomar el té. Tipos que tienen audiencias más amplias. ¿Has oído hablar de un tal Rubén?

—No, ¿quién es?

—Un individuo que, al parecer, sabe lo que hace. Mitad brujo, mitad predicador. No sé mucho más. Pero he oído decir que empieza a tener muchos adictos.

Víctor Ribera tenía la sensación de habitar en el seno de una perpetua fantasmagoría, en la que los distintos personajes, mutando continuamente de forma, se deslizaban por senderos que no llevaban a ninguna parte. Todo era irreal pero, bajo el peso del temor, adquiría consistencia e identidad haciendo aparecer lo grotesco como natural y lo absurdo como evidente. Él, día a día, fotografiaba este paisaje irreal, tratando de captar el ánimo y las conductas de sus pobladores. Se movía conscientemente en la irrealidad deshojando sus sucesivas escenas sin la esperanza de llegar nunca a su núcleo secreto. De hecho, dudaba de que tal núcleo existiera, aceptando como probable que lo que se le presentaba ante los ojos no fueran más que circunvalaciones alrededor del vacío. Sin embargo, esto no le redimía pues también él, como los otros, rendía su cotidiano sacrificio en el altar del absurdo, depositando centenares de negativos en aquel arcón sin fondo donde el tiempo quedaría fosilizado para siempre.

Tan sólo algo, en el pensamiento de Víctor, escapaba milagrosamente a la fantasmagoría. El Orfeo de Ángela. Primero como vago presentimiento, luego como paulatina certeza, desprovista de cualquier justificación, el cuadro que Ángela estaba restaurando se convirtió en el único islote firme que quedaba a resguardo del naufragio. Era ésta una sugestión singular que sólo actuaba con eficiencia cuando contemplaba la pintura en compañía de Ángela, sintiéndose, entonces, el tercer vértice de un triángulo que parecía formar un mundo propio. Fuera de este triángulo la sugestión se perdía, mostrándose Víctor incapaz de retenerla una vez entraba en contacto, de nuevo, con aquellos mundos exteriores que aguardaban su salida. No obstante, conocedor de esta transitoriedad, gozaba todo lo que podía del bálsamo que se le ofrecía.

Sabía lógicamente que Ángela era el vértice decisivo del triángulo y que, sin ella, su relación con el cuadro no hubiera existido ni, de existir, hubiera tenido la menor relevancia. Orfeo y Eurídice no eran nada sin aquélla. A lo sumo, una leyenda vagamente conocida a la que nunca había prestado mayor atención. Tampoco ahora, por ellos mismos, despertaban su interés. Sólo vivían en cuanto que Ángela les había insuflado vida. Eso había obrado su efecto, arrancándolos de la pasividad y, al mismo tiempo, obligándolos a seguir la ruta que ella les marcaba. Ángela era la inductora. Víctor, por su parte, había aprendido a dejarse guiar.

No se le escapaba, de otro lado, que la actitud de Ángela era, en algún modo, premeditada, habiéndose apoderado de aquel territorio como contraposición al malestar que le producían los demás. Lo que estaba ocurriendo en la ciudad originaba, con frecuencia, movimientos de repliegue, fijaciones de una retaguardia, más o menos visible, desde la que resistir las circunstancias adversas. A este respecto, Ángela había actuado con prontitud, construyendo su trinchera sin estridencias. Quizá su temperamento le ayudaba. Como quiera que fuese lo cierto es que fue ensimismándose cada vez más en su trabajo y, aunque ella no tenía este hecho como una respuesta a lo que acontecía enderredor suyo, no había duda de que ambas circunstancias acabaron por estar estrechamente relacionadas.

Orfeo cayó en manos de Ángela como un talismán descubierto en el momento propicio. Fue posponiendo sus demás encargos para dedicarse plenamente al cuadro y desde el principio identificó la restauración con una auténtica reconstrucción de la historia representada en la pintura. Primero fue una percepción enteramente física, como si cada pigmento insertado en las partes dañadas contribuyera a recuperar un fragmento de vida de aquella escena. Ángela avanzaba lentamente, con una paciencia escrupulosa que, sin embargo, a cada paso, le compensaba. A medida que repoblaba pequeñas zonas del cuadro, cubriendo manchas o raspaduras, tenía la sensación de que las imágenes, antes congeladas, adquirían movimiento. Gracias a esto, a pesar de que se veía obligada a seguir trabajando en espacios minúsculos, empezó a tener un vínculo global con el cuadro: la historia que tenía delante cada día durante horas se convirtió, sin proponérselo siquiera, en una historia familiar que le despertaba, junto con el sentimiento de intimidad, el deseo de ahondar en sus raíces y en sus secretos. Eso hizo que Ángela se sumergiera en las informaciones sobre Orfeo y Eurídice con el mismo talante, curioso y apasionado, con que podía rastrear documentos acerca de su familia.

Ángela le contaba a Víctor sus conquistas, cuando éste la pasaba a recoger por el estudio o cuando cenaban en su casa. Casi nunca hablaban extensamente de los acontecimientos que marcaban la ciudad. Por lo general Víctor le confiaba sus andanzas fotográficas y ambos intercambiaban las noticias que poseían. Durante las primeras semanas de la crisis Ángela expresaba, a menudo, su preocupación, pero luego escuchaba las informaciones que Víctor le comunicaba, o le trasladaba a éste las suyas, sin sacar nunca ninguna conclusión. Pronto entre ellos pareció llegarse al acuerdo implícito de mantener alejadas de su conversación las vicisitudes externas. En esta tesitura, con el presente amordazado y el futuro aplazado, inclusive el viaje que con frecuencia Ángela evocaba soñadoramente, Orfeo reaparecía siempre como el gran auxiliador.

Víctor terminó por contagiarse de la actitud de Ángela. Cuando iba al estudio contemplaba el cuadro con la misma minucia con que ésta lo hacía, adentrándose en los progresos de la restauración como si también él adivinara en ellos la paulatina resurrección de la escena. Después, durante la cena y, la mayor parte de las noches, durante la sobremesa, escuchaba atentamente las explicaciones acerca de Orfeo y Eurídice. Ángela era su guía, y él dócilmente se dejaba guiar con la seguridad de emprender, cada vez, un trayecto estimulante.

Era, desde luego, o así lo parecía, una historia ilimitada en la que cada rama desarrollaba innumerables brotes, de modo que el ramaje, nunca ultimado por entero, envolvía vistosamente el secreto del tronco. Ángela, además de retornar a menudo a su relato favorito, reflejado en la obra que estaba reparando, se complacía en las múltiples narraciones que le proporcionaban sus lecturas acerca del mito de Orfeo. Veía a Orfeo como una singular mezcla de encantador de serpientes oriental y de San Francisco de Asís, capaz de doblegar los árboles y reverdecer las cumbres heladas de los montes y, simultáneamente, como el depositario de una melodía ancestral cuyo poder de fascinación afectaba por igual a hombres y animales. Las hazañas de Orfeo calmando los mares, hechizando los acantilados o durmiendo los dragones eran evidentemente hermosas, pero a Ángela todavía le agradaba más todo aquello que relacionaba a su héroe con la música y el canto.

—Lo que más me gusta de él —decía, para justificar su preferencia— es esa extraña combinación de fuerza y delicadeza. Orfeo no es un bruto, como Hércules y todos esos, sino alguien que ejerce su poder a través de otros recursos, digamos, más elegantes.

Un día descubrió que uno de los oficios de Orfeo en su juventud había sido el de entonar la cantinela que daba el ritmo a los remeros. Para Ángela era un descubrimiento de importancia por cuanto le parecía que ponía de relieve, una parte al menos, del secreto del héroe: el barco se desplazaba y los remeros, con el esfuerzo de su músculo, lograban este desplazamiento pero, para que la nave mantuviera el equilibrio y pudiera seguir el rumbo previsto, era imprescindible que la navegación estuviera presidida por el ritmo. Orfeo, según ella, era sobre todo el poseedor más exquisito de la esencia del ritmo y en esta posesión se hallaba la clave de su influencia sobre la naturaleza y sobre los hombres.

—Nos haría falta que Orfeo estuviera aquí —concluía, en ocasiones, Ángela.

Víctor asentía. Puede que Ángela tuviera razón. Desconocía la eficacia que podían tener los poderes del músico, aunque, de todos modos, la ciudad no era un mal sitio para los encantadores de serpientes.

VIII

Una noche del mes de mayo la violencia que venía siendo alentada por muchos consiguió sus primeros triunfos. La sordidez de los hechos quedó velada por su confusión y, a pesar de que el Consejo de Gobierno prometió aclarar las responsabilidades, nunca llegó a establecerse la identidad de los culpables. Por otra parte la población, curiosa ante las noticias aunque impasible ante las consecuencias, tampoco pareció interesada en señalar y acusar. Sólo se alzaron algunas voces, avergonzadas pero impotentes. El resto prefirió el silencio a la condena.

Esa noche, a lo largo de varias horas, algunos hospitales y centros de acogida fueron atacados por grupos armados causando un número indeterminado de víctimas. Nadie, empezando por las autoridades ciudadanas, pudo explicarse la facilidad con que se desarrolló la operación. Las versiones eran contradictorias. Se habló de improvisación, espontaneidad y rapidez, haciéndose hincapié en la circunstancia de que los escasos policías que resguardaban los recintos, sorprendidos e inmovilizados por los atacantes, nada pudieron hacer para evitar los sucesos. Todo había sido demasiado inesperado.

Sin embargo, algunos testigos directos opinaron lo contrario, apuntando la posibilidad de que se hubiera tratado de acciones con una organización perfectamente premeditada. Según estos testigos las bandas atacantes aparecieron al filo de la medianoche, traspasando cómodamente los cordones policiales. Los hombres, enmascarados algunos aunque la mayoría a cara descubierta, iban armados con cuchillos y bastones. Unos pocos llevaban pistolas. Nadie daba órdenes pero todos sabían cómo actuar, distribuyéndose por las distintas salas y repartiéndose las funciones. Siempre de acuerdo con los testigos no demostraron tener demasiada prisa para concluir su tarea.

La tarea fue fácil, pues consistía en destruir, y se desarrolló de manera similar en todas partes, lo cual alimentó las sospechas de aquellos pocos que, en tal ocasión, se sintieron obligados a sospechar. Tras penetrar en los centros los atacantes encerraron en una habitación al personal sanitario que estaba de guardia, exigiéndole obediencia bajo amenazas. A continuación dio comienzo la masacre de la que, ya sin testigos, sólo se pudo trazar el terrible balance cuando desaparecieron los agresores. Las salas ocupadas por los exánimes ofrecían un panorama devastador, con camas y paredes regadas de sangre y bultos humanos arrastrándose por el suelo. No se oían gritos, únicamente gemidos que llenaban el espacio con su eco. Aquella noche hubo decenas de muertos. Los heridos, para los que no hubo contabilidad alguna, superaron con mucho el número de muertos. Nadie reclamó los cadáveres.

Para David Aldrey, con el que Víctor habló poco después de estos hechos, lo ocurrido ponía de manifiesto el desvarío general que se había apoderado de la ciudad. Fue el doctor Aldrey quien le puso al corriente de los testimonios. El Hospital General no había sido atacado, probablemente por su situación céntrica y su importancia, pero, entre los médicos, los detalles de la masacre fueron comunicándose con prontitud. Era una acción que, para muchos de ellos, probaba definitivamente que el problema de los exánimes superaba, con creces, cualquier idea de enfermedad, por amplia que ésta fuera. David era ya de los escasos médicos que consideraba necesario resaltar, por encima de todo, que los exánimes eran únicamente enfermos, si bien reconocía que su presencia había roto los diques tradicionales erigidos por la salud contra la enfermedad.

—Lo que sucede es que ya nos es imposible saber quién está sano y quién no. Cuando se producen horrores como los que se han producido nadie es inocente. No sé quiénes lo han hecho pero es probable que, de un modo u otro, toda la ciudad esté implicada. La gente está tan obsesionada con la posibilidad de contraer la enfermedad que cada vez estoy más convencido que aprobaría cualquier método que asegurara la desaparición de los enfermos. Cree que los enfermos son la auténtica amenaza y que, sin ellos, la amenaza finalizaría. Éste es el tremendo error en el que estamos cayendo.

Siguiendo la dirección contraria a la que se estaba imponiendo entre sus propios compañeros de profesión el doctor Aldrey era partidario de defender, por todos los medios, la prioridad que la dimensión médica tenía sobre cualquier otra consideración. El que se trabajara a ciegas en el seno de una población que ansiaba cerrar los ojos no justificaba, en su opinión, el cariz que estaban tomando las cosas. Para él todo estaría definitivamente perdido si llegaba a aceptarse que los afectados por el mal eran, como muchos ya pensaban, el mal mismo. Le indignaba la brutalidad que había sido cometida pero aún le indignaba más el sentimiento de que la razón estuviera siendo violentada. Su posición continuaba inalterable:

—Desconocemos las causas, es cierto. Pero eso no cambia nada. Ha sucedido muchas veces en el pasado y volverá a suceder. Es una enfermedad y, aunque permanezcamos durante mucho tiempo en la más completa ignorancia, debemos tratarla como lo que es: una enfermedad para la que hay que buscar un remedio. Si olvidamos esto y nos dejamos conducir por las fábulas, nos hundiremos.

Era difícil saber si la confianza en la ciencia, a la que David Aldrey se aferraba, tenía porvenir, pero era indudable que sus temores eran fundamentados o, al menos, Víctor así lo percibió tras la noche de la masacre. Hasta aquel día la relación de la ciudad con el mal había sufrido continuas oscilaciones. A la incredulidad le había sucedido el pánico y el pánico se había convertido en un territorio propicio para las mayores fantasías. La población las había aceptado con fervor creciente, dejándose llevar hacia una bruma henchida de revelaciones y promesas. Predicadores y adivinos se habían erigido en sus valedores frente al mal. Sin embargo, en sus portavoces oficiales, la ciudad se había mantenido fiel a los principios de la civilización moderna. Aunque no habían hecho nada para frenar las acometidas de la fantasía popular, ni habían denunciado a sus instigadores, las autoridades ciudadanas habían proclamado, en todas sus declaraciones, su seguridad con respecto a que las armas de la razón y de la ciencia acabarían doblegando al mal. A pesar de su situación excepcional, la ciudad continuaba siendo libre, civilizada y moderna.

No obstante, después de la matanza de los hospitales, se apreciaron indicios de que la opinión oficial de la ciudad quería aproximarse a lo que la ciudad, de modo no oficial aunque cada vez con voz más perentoria, estaba dispuesta a imponer. Es cierto que el Consejo de Gobierno, al lamentar las agresiones, reforzó la vigilancia policíaca en torno a hospitales y centros de acogida para evitar que los hechos pudieran volverse a repetir. Anunciando esta medida se señaló que el orden debía ser conservado estrictamente, incrementándose, de ser necesaria, la severidad que exigía el estado de excepción. Al mismo tiempo, sin embargo, el gobierno de la ciudad pareció aceptar, aunque de manera ambigua, que bajo el envoltorio de la extraña enfermedad podía albergarse un enemigo contra el cual los instrumentos utilizados hasta entonces habían fracasado. Sin renunciar totalmente a su posición anterior el gobierno se planteaba la conveniencia de abrir la puerta a nuevas hipótesis.

No hubo, en cualquier caso, afirmaciones taxativas. Se procedió elípticamente provocando, de forma inesperada, un cierto debate en la prensa. Hasta entonces los periódicos habían seguido tajantemente las instrucciones de la censura, ocultando los datos y apaciguando los ánimos. A partir de aquel momento también las siguieron, incorporando artículos en los que la opinión particular del autor coincidía directa o indirectamente con los propósitos perseguidos por las autoridades gubernativas. Durante bastantes días se escribió mucho sobre el mal, y sobre sus orígenes, naturaleza y eventuales consecuencias. Algunas plumas conocidas y muchas desconocidas intentaron demostrar que habían llegado a conclusiones definitivas. Hubo reflexiones metafísicas, incursiones místicas, recomendaciones religiosas, pero, en todos los casos, para los articulistas, el aislamiento del mal sólo podía producirse mediante la aplicación de la política recomendada por los dirigentes de la ciudad. Pronto se hizo evidente que éstos, inquietos por la influencia que augures y profetas habían conseguido en la población, querían tender un puente a los agitadores como única forma eficaz de mantener la situación bajo control.

Salvador Blasi, al mofarse del supuesto debate en el que su periódico también participaba, reafirmó a Víctor en esta evidencia:

—Es todo una payasada. No quieren que los predicadores sean más fuertes que ellos. Pero no servirá de nada. Ni los propios tipos que escriben son capaces de entender lo que han escrito. El más divertido, por necio, es el artículo de Ramón Mora que hemos publicado nosotros. Nunca había leído tantas incongruencias juntas. Seguro que se lo dictó su amiguito Penalba.

Víctor recordó vagamente la Nochevieja en casa de Samper y a Ramón Mora, el sociólogo, junto a Félix Penalba, senador entonces y ahora responsable de la censura. Blasi añadió:

—No servirá de nada. ¿Has oído hablar de Rubén?

Era la segunda vez que Víctor oía mencionar aquel nombre. La primera fue en labios de Max Bertrán.

—Éste sí dará quebraderos de cabeza. Es de la clase de protagonistas que la situación reclama.

Blasi estaba en lo cierto. Pronto el nombre de Rubén estuvo en boca de todos, para la mayoría como motivo de interrogación y para algunos presentándose directamente ya como invocación. Estos últimos lo llamaban el Maestro y le atribuían facultades excepcionales. Nadie sabía su apellido y ni siquiera si Rubén era su verdadero nombre. Nadie sabía, tampoco, su origen, y a este respecto se cruzaban confusas historias sobre la fulgurante ascensión que le había permitido alcanzar el insólito poder de convocatoria del que gozaba. Lo único que aparecía claro es que esta ascensión había coincidido con el desarrollo de la crisis de los exánimes. En seis meses el enigmático Rubén había pasado de ser un perfecto desconocido a ser un rostro que se reproducía en los carteles que sus seguidores habían colgado por toda la ciudad.

En medio de la oscuridad que rodeaba su figura algunas informaciones, por extendidas, sobresalían por encima de las demás. El Maestro, al parecer, había llevado hasta hacía poco una vida más bien miserable. Las indagaciones que se remontaban más atrás lo identificaban con un anónimo prestidigitador que entretenía al público en un local nocturno del barrio portuario. Arias, que conocía bien este barrio por vivir en él, le contó a Víctor que si el personaje era el mismo que él creía no era más que un pobre charlatán de los que habitualmente se encontraban en estos locales. No hacía nada excepcional. Únicamente algunos juegos malabares que aburrían a la gente. El público prefería a una cantante, pésima según Arias, experta en canciones obscenas. Era un personaje intrascendente.

Arias ignoraba qué había ocurrido con él posteriormente. No obstante la pista de Rubén reaparecía, en un nuevo escenario, a finales de febrero. Max Bertrán aseguraba haberla detectado a partir de esta fecha. El Maestro, ya detentando este título, actuaba con cierto éxito en un pequeño teatro, precisamente en una época en la que, debido a las circunstancias, la mayoría de las salas teatrales habían renunciado a sus representaciones. Las suyas, no obstante, eran actuaciones especiales que, en todo momento, se referían al mal que había penetrado en la ciudad. Max Bertrán sólo poseía noticias indirectas de lo que sucedía en el teatro, pues en este período todavía no había visto actuar a Rubén. Éste, de acuerdo con estas noticias, continuaba realizando ciertos números de magia pero simultaneándolos con ardientes sermones acerca del destino de la ciudad.

Poco después las pistas seguidas por Rubén se multiplicaban prodigiosamente. Aparecían por todas partes. El Maestro ocupaba un lugar destacado entre los adivinos que causaban furor en los círculos adinerados pero, paralelamente, contaba con abundante clientela en los sectores más modestos. Era un profeta de profecías sencillas y contundentes y, al mismo tiempo, un conocedor polifacético de sabidurías arcaicas. Un consultor íntimo de los problemas individuales y, como complemento, un expositor apasionado de las soluciones colectivas. Bajo los efectos de su oratoria, en la que se combinaban con habilidad la excitación y la persuasión, su audiencia se había incrementado sin cesar. Pero su dominio de la multitud no le había hecho olvidar la necesidad de recabar adhesiones particulares, de modo que había reclutado un nutrido grupo de discípulos fieles que compartían con entusiasmo sus directrices.

Entre estos discípulos los había de todos los ámbitos sociales, siendo los de condición más humilde los que trabajaban más incansablemente por su causa. Eran, asimismo, los más visibles, repartiendo folletos con extractos de sus alocuciones y vociferando sus consignas. No obstante, desde una posición más discreta, también algunos hombres poderosos se habían adherido a sus filas. Así, cada vez con menor disimulo, se comentaba el apoyo de ciertos políticos y comerciantes, destacando entre estos últimos el del empresario Jesús Samper, quien ya se preciaba públicamente de la amistad de Rubén. Éste, gracias a estos apoyos, empezó a disponer, además de grandes sumas de dinero, de una extensa red de influencias que cubría una porción notable de la ciudad.

El Maestro, consciente de sus nuevas disponibilidades, cambió el escenario de sus actuaciones, abandonando el pequeño teatro e instalándose, no sin escándalo de unos cuantos, en el antiguo edificio que había albergado la Academia de Ciencias. El que un prestidigitador de oscuro pasado se hiciera con los servicios del viejo hogar de la sabiduría científica suscitó ciertas reservas. Sin embargo, la propia directiva de la Academia zanjó el problema alegando que ésta, desde hacía años, se había trasladado a su moderna sede y que el mantenimiento de la anterior, prácticamente sin ningún uso, no resultaba rentable. La generosa oferta económica del nuevo inquilino acabó por acallar las críticas, de modo que en un plazo muy breve de tiempo la severa arquitectura que durante más de un siglo había amparado los avances de la ciencia se convirtió en el centro de operaciones de Rubén. Allí, en medio del ajetreo provocado por las reformas que rápidamente emprendió, recibía a sus seguidores y aconsejaba a los que acudían en busca de sus consejos. También allí, en el marco del gran auditorio que la Academia había utilizado para sus ceremonias solemnes, daba, al atardecer, sus cada vez más concurridas charlas ante un público expectante.

Fue Max Bertrán quien sugirió a Víctor que le acompañase a una de estas charlas. Él ya las había presenciado en un par de ocasiones.

—No te arrepentirás. Es el único espectáculo divertido que hay en toda esta desgraciada ciudad —le advirtió maliciosamente.

Bertrán era portador de dos invitaciones, lo cual les permitió evitar la larga cola de los que pagaban su entrada para asistir a la sesión. El interior de la vieja Academia de Ciencias estaba en plena transformación, con andamios por todas partes, ofreciendo al visitante un vivo contraste entre el pasado y el presente. De un lado, se tenía la impresión de penetrar en un enmohecido museo de recuerdos dejados atrás por la ciencia, pero de otro, la visión de las recientes instalaciones, dotadas de la tecnología más avanzada, contribuía a desconcertar al observador con respecto al lugar en que se hallaba. Para acceder al auditorio debían atravesarse varias salas escasamente iluminadas. Una potente música de fondo, aparentemente emitida desde un órgano invisible, acompañaba la travesía. Por todas partes se acumulaban reliquias que habían pertenecido a la ciencia. Largas hileras de vitrinas, alineadas contra los muros, contenían una abundante colección de instrumentos científicos. Junto a ellas, decenas de bustos, todos con expresión similar, atestiguaban el homenaje rendido a los benefactores del progreso. Sin embargo, estos ornamentos arqueológicos sucumbían fácilmente ante el impacto producido por las aportaciones del nuevo inquilino. Grandes pantallas, colgadas en lo alto de las paredes, ofrecían escenas de las reuniones de Rubén con sus seguidores. Debajo de las pantallas, unos rótulos luminosos reflejaban sus palabras en una permanente sucesión de consignas.

—Cuando el auditorio está lleno, como sucede siempre, la gente sigue la sesión a través de estas pantallas —le aclaró Bertrán a Víctor.

Donde el contraste era más agudo era en el propio auditorio. Si bien la estructura, pronunciadamente inclinada, sobre la que se apoyaban las filas de butacas, no había sido modificada, el escenario había sido transformado por completo, hasta el punto de que nada en él sugería su anterior utilidad. Tras las drásticas reformas el nuevo escenario estaba presidido por una elevada plataforma de cristal a la que se accedía, desde atrás, por una escalinata también de cristal, gracias a la cual lograba producirse una sensación de transparencia. Al fondo del escenario el decorado estaba constituido por un enorme panel en el que se reproducía, con colores rojizos, la silueta de la ciudad. Era una de las imágenes que habitualmente se ofrecían de ella, pero distorsionada de modo que los perfiles arquitectónicos parecían romperse en abruptas perspectivas. El resto del escenario estaba ocupado por un vistoso despliegue de haces luminosos en continuo movimiento.

El Maestro no salió de inmediato. Antes apareció un presentador que, situándose debajo de la plataforma, pidió al público que dedicara un minuto a la meditación. Víctor miró a Max Bertrán y éste, guiñándole el ojo, le susurró:

—Es el entremés. Meditemos.

Los haces luminosos se apagaron y durante un minuto el público permaneció en absoluto silencio. Muchos de los asistentes tenían los ojos cerrados. Víctor los dirigió todo el tiempo hacia el decorado que representaba la ciudad. Le pareció que la ciudad flotaba, ajena y distante. Era una ciudad vacía, descarnada, que también aparentaba observarle a él con mirada burlona. Pensó que era una ciudad que, en realidad, jamás había estado habitada por nadie. El codazo de Bertrán le sacó de su ensimismamiento.

—Hombre, tampoco exageres.

—Estaba meditando —se disculpó Víctor, sonriendo.

—Ya lo he visto —sentenció Max Bertrán con sorna—. Escucha lo que dice este tipo.

El presentador anunciaba la inminente entrada en el escenario de los que calificaba como suplicantes. Se trataba, según indicó, de hombres y mujeres que se habían presentado voluntariamente para preceder la intervención del Maestro. Cuando se retiró el presentador irrumpieron en el escenario dos grupos, uno masculino y el otro femenino, cuyos componentes iban vestidos con unas singulares túnicas, completamente negras. Eran los que habían sido anunciados como suplicantes. Su misión era difícil de averiguar. Deambulaban de un lugar a otro profiriendo sonidos incomprensibles. Tan pronto parecían sollozar como entonar cantos indescifrables. También ejecutaban extraños movimientos de una supuesta danza cuyo ritmo y significado era imposible establecer. De vez en cuando, espasmódicamente, levantaban los brazos, como solicitando algo a alguien que los contemplaba desde lo alto.

—Están drogados —dijo Víctor al oído de Bertrán.

—Es todo comedia —replicó éste.

El público seguía las evoluciones de los suplicantes con insólita atención. Nadie parecía aburrirse, a pesar de la monotonía de una ceremonia que se prolongó bastante tiempo. Por fin los suplicantes interrumpieron su representación, echándose en el suelo con los brazos en cruz. Hombres y mujeres se habían separado, colocándose cada uno de los grupos a ambos lados de la escalinata que subía hasta la plataforma. Tras un rato de silencio apareció de nuevo el presentador, haciendo caso omiso de los cuerpos tendidos que le rodeaban. Proclamó la inmediata presencia de Rubén, al que en todo momento se refirió como el Maestro. Sin embargo, a diferencia del tono, más bien lúgubre, que había empleado anteriormente, ahora estaba exaltado y quería exaltar a sus oyentes. No había duda de que estaba convencido que, después de su arenga, saldría a escena una gran estrella del espectáculo. El público prorrumpió en aplausos, a los que Bertrán se sumó con malévolo entusiasmo. Víctor tuvo la sensación de que era el único que no aplaudía en todo el auditorio.

Resonó otra vez la música de órgano, más atronadora todavía que la que se escuchaba en las salas que conducían al auditorio. Entonces, desde el fondo del escenario, por un acceso imperceptible situado en la parte inferior del decorado, avanzó Rubén como si surgiera del esqueleto mismo de la ciudad. Iba vestido totalmente de blanco: traje, camisa, zapatos. Esto resaltaba su cara, morena y de rasgos angulosos, coronada por una abundante cabellera de color azabache. Por su aspecto se hubiera podido decir que era un cantante que, famoso en otro tiempo, ignoraba que tanto él como su indumentaria pertenecían a una moda agotada desde hacía años. Pero la reacción del público demostraba lo contrario certificando con sus gritos de apoyo que Rubén era el hombre que, a sus ojos, encarnaba la actualidad. Rubén lo sabía y se movió por el escenario con desenfadada seguridad. Muy despacio, sin prestar atención a los entusiasmos que desataba, subió la escalera de cristal hasta encaramarse en lo alto de la plataforma. Durante el corto ascenso parecía muy concentrado. Cuando se hubo afirmado en el extremo de la plataforma, con los pies a un palmo del vacío que se abría frente a él, cambió súbitamente de actitud, saludando teatralmente a diestra y a siniestra. Sus gesticulaciones hicieron rugir a los espectadores. Luego, en un nuevo cambio, adoptó un aire solemne, pidiendo calma a la audiencia. Víctor pensó que todos sus movimientos estaban toscamente calculados y que, a pesar de ello, conseguía sus objetivos. El Maestro, aposentado encima de la plataforma de cristal y con los focos concentrados sobre su figura, parecía suspendido en el espacio. A su espalda, la silueta de la ciudad había quedado casi oscurecida.

Max Bertrán, según pudo constatar Víctor, tenía razón: Rubén era el actor más dúctil y con mayor repertorio que había visto en su vida. A lo largo de una hora, sin mostrar el menor síntoma de fatiga, interpretó los más variados papeles, pasando de la pantomima burlesca a la entonación trágica con pasmosa facilidad. Tenía los dones de la palabra y de la mímica, y los utilizaba sin cesar como una locomotora retórica que avasallaba velozmente cuanto le salía al paso. Lo que más llamaba la atención era el lenguaje, absolutamente peculiar, con que se expresaba. Resultaba sorprendente que lograra hacerse entender, como aparentemente ocurría, con aquella mezcolanza de formas en las que no se sabía dónde encajaba la seriedad de lo que decía y dónde la parodia. Pasaba sin transición de una a otra, de la misma manera en que superponía los más diversos recursos para comunicarse con sus admiradores. El

Maestro controlaba con pericia lo que para cualquiera hubiera constituido un imposible rompecabezas expresivo: recitaba, cantaba, gritaba, hablaba con acentos altisonantes, susurraba frases inaudibles. Como el más habilidoso de los ventrílocuos jugaba con varias voces al mismo tiempo, de modo que, en lugar de un solo individuo, parecía que fuera un coro el que estaba actuando. En consonancia con esta versatilidad verbal también conseguía multiplicarse como si reuniera bajo su apariencia varios personajes. Advertía, bromeaba, sentenciaba: al histrión de feria, que contaba chistes mientras vendía sus productos, le sucedía el fiscal implacable que prometía inminentes milagros. Al preocupado ciudadano que se expresaba con un lenguaje llano y expeditivo le acompañaba el sabio enigmático que, con determinadas alusiones, mantenía en secreto la procedencia de su saber. Rubén no se concedía respiro.

Víctor, pese a sus reservas, se reconocía atrapado por el torrente verbal que fluía desde el escenario. Le admiraba, por encima de todo, que ello sucediera, cuando, para él, se hacía evidente que aquel torrente no contenía nada en absoluto. El arte de Rubén consistía, precisamente, en que esto no tuviera la menor importancia. Era palabra pura, gesto totalizador y envolvente, desnudo de todo contenido. Desprovisto, por completo, de ideas. A este respecto la capacidad de Rubén era, posiblemente, inigualable, porque, por los caminos que fuera, y que tantas leyendas estaban levantando, había perfilado su técnica hasta el máximo refinamiento. El antiguo prestidigitador, si es que lo había sido, como se rumoreaba, había utilizado su magia para convertir la palabra en una formidable corteza vacía por dentro. En una casa sin moradores pero con una fachada rutilante de cartonpiedra. Como un químico del lenguaje Rubén había experimentado en su retorta, agigantando las formas y diluyendo los significados.

Viéndolo en lo alto de su plataforma de cristal era fácil aceptar que durante una hora había dicho cosas decisivas. Incluso podría aceptarse que, en lugar de una hora, había estado hablando un día entero. En realidad, había hablado de casi todo: del amor, de la solidaridad, del mal, del bien, de la ciudad infeliz, de remotos episodios, de antídotos para el presente y de fórmulas para el porvenir. El Maestro había bromeado y enardecido, declarándose filósofo y payaso, teólogo y científico. Sin embargo, al hablar de todo, todo lo había desmenuzado, troceando los conceptos de tal manera que, dueño de un caos de fragmentos, había reordenado a su voluntad las cáscaras huecas de las palabras. Y este universo de cáscaras, ofrecido como si fuera un jardín de frutos primordiales, embelesaba a los espectadores.

El éxito de Rubén fue incuestionable y el final de su intervención fue saludado por una salva de aplausos atronadores mientras algunos coreaban su nombre con devoto entusiasmo. A la salida se encontraron con Jesús Samper, que iba acompañado de su mujer. El empresario estaba satisfecho:

—Me alegro de veros aquí. Este hombre sabe lo que dice. Es la cabeza más lúcida que tenemos y el único que puede sacarnos de esta situación.

—¿En serio? —le preguntó Víctor.

—Completamente en serio. Ya lo comprobarás.

Samper se deshizo en elogios acerca de las cualidades de Rubén. Su mujer le apoyó con gestos de asentimiento. Ella, además, según dijo, lo encontraba atractivo. Ambos se despidieron precipitadamente porque habían sido invitados por el Maestro, junto a otros amigos, a una cena íntima.

—No acabo de creérmelo —dijo Víctor, cuando Samper y su mujer se alejaban—, es increíble en un hombre como él.

Max Bertrán puso su mejor cara de fauno, aunque esta vez con un malhumor infrecuente en él.

—Querido Víctor, me temo que ya no hay nada increíble.

IX

La ciudad, aislada, creaba sus propias maravillas mientras se precipitaba en la indolencia. Sobre ésta podían darse muchas muestras, aunque lo más perceptible eran, sin duda, sus efectos. Paso a paso, al mismo ritmo en que se deterioraban los comportamientos, se deterioraba también la cosmética ciudadana. Esta última había sido más resistente que el corazón moral, muy pronto alterado por las vicisitudes. Sin embargo, se había llegado a un punto en que los afeites externos debían, en su desajuste, reflejar inexorablemente los graves desórdenes interiores. Tras medio año de profunda alteración espiritual la materia misma de la ciudad ofrecía signos de descomposición.

Muchos servicios públicos habían dejado de funcionar con la eficacia de los tiempos precedentes a la crisis y, pese a que el Consejo de Gobierno había hecho denodados esfuerzos para que esto no sucediera, las consecuencias comenzaban a ser enojosas. La población, acostumbrada a la regularidad y a la abundancia, soportaba penosamente la acumulación de restricciones. El mecanismo no se había detenido pero fallaba constantemente de modo que sus piezas estaban, cada día, más oxidadas. Bajo la custodia permanente de la censura nadie se sintió obligado a explicar si los fallos tenían su origen en el desabastecimiento o en la negligencia. Lo cierto, no obstante, era que las carencias aumentaban, llegándose a la reducción del consumo de combustible, de electricidad e incluso, algunos días, de agua.

La ciudad languidecía, incapaz de extirpar el tumor que se había enquistado en sus entrañas. Antes pletórica de salud, ahora se retorcía en la oscuridad y, según comentaban muchos, olía a cadáver. No había ninguna metáfora en estas apreciaciones sino, más bien, la cruda constatación de una realidad física. El alumbrado público había sido la principal víctima de las restricciones de energía. Cuando anochecía las calles quedaban sumergidas en la tiniebla, con sólo unas pocas farolas brillando tímidamente como minúsculas velas en una llanura interminable. La luz se había extinguido, arrastrando en su ocaso a aquellos potentes desafíos contra la noche que la ciudad había levantado en los márgenes de sus anchas avenidas y en las cornisas de sus compactas arquitecturas. Para los ciudadanos quedaba el consuelo de hallarse en los días, generosamente soleados, en que la primavera avanzaba hacia el verano.

Pero este consuelo se desvanecía cuando tenían que enfrentarse al aliado más desagradable del creciente calor. Por una razón que tampoco nadie se dispuso a aclarar se produjo un paulatino colapso de todos los servicios de limpieza de la ciudad. Las medidas excepcionales, incluida la militarización de tales servicios, dieron pobres resultados. La ciudad se cubrió rápidamente de una pátina de suciedad que, con el paso del tiempo, dio lugar a una auténtica cordillera de desechos. En todas las aceras colinas de basura insinuaban un paisaje de podredumbre y desolación que únicamente quedaba mitigado por la naturalidad con que los peatones sorteaban los desperdicios. Un aire nauseabundo recordaba cada mañana a los ciudadanos que habían empezado a vivir en un enorme vertedero.

Éste, sin embargo, fue también un período de prodigios y no sería aventurado deducir que la atmósfera de descomposición favorecía tal circunstancia. Fermentada por el calor y los escombros la amenaza daba rienda suelta a las febriles criaturas de la imaginación. Cuanto más irrespirable era el ambiente más propicio resultaba para la existencia oblicua de los monstruos. Surgieron monstruos de todo tipo, algunos efímeros como un día y otros, persistentes, que se desbocaban con facilidad hasta dominar las calles y los pensamientos. Se divisaron ratas gigantescas que, según indicaban los anónimos testigos, estaban adueñándose de las alcantarillas. Junto a las ratas, una amplia legión de animales invadió la fantasía, provocando violentas mutaciones. La mayoría de los animales urbanos sufrió transformaciones en su apariencia: perros, gatos, palomas, golondrinas, gaviotas e, incluso, hormigas quedaron sometidos a una metamorfosis por la que les era arrebatado su aspecto habitual, recibiendo otros cuyo moldeado más o menos deforme dependía del grado de excitación de la fantasía colectiva. Cuando el ímpetu de ésta desbordaba cualquier contención el alcance de la metamorfosis era todavía más formidable, exigiendo no sólo la mutación de los animales sino, asimismo, el mestizaje de éstos con los hombres. Algunos días el poder de la fantasía popular llegó a ser tal que la ciudad parecía habitada por monstruos escapados de la piedra donde, durante siglos, los habían retenido los capiteles medievales.

No había censura para los monstruos. La escasez de otras noticias los erigió, en esta época, en los protagonistas favoritos de la prensa. Los periódicos, cuya esterilidad informativa les había hecho entrar en un acentuado declive, experimentaron un renacimiento ante los lectores cuando convirtieron muchas de sus páginas en crónicas mitológicas que, a excepción del escenario moderno, en nada se distinguían de las de los tiempos antiguos. La ductilidad de las historias, fruto de las numerosas variaciones con que se transmitían, reflejaban adecuadamente lo incierto del mundo que las acogía. Frente a la ausencia de seguridades la población, antes acostumbrada a las coordenadas fijas de una vida cotidiana que transcurría sin brusquedades, había optado por un relativismo que aceptaba la versatilidad de todo lo que la rodeaba. Lo que hubiera sido considerado, hasta hacía poco, imposible y antinatural, se asumía como una posibilidad que, al igual que cualquier otra, formaba parte de la naturaleza.

Una buena prueba de ello fueron los ecos despertados por el más célebre de entre los monstruos surgidos aquellos días. Se trataba de un pájaro negro. Fuera de esta constatación, en la que todos estaban de acuerdo, el pájaro negro se prestaba a infinidad de variaciones. Cambiaba, según cada uno de los informadores, de tamaño, aspecto o especie. Para algunos era pequeño como un gorrión y para otros, mayor que cualquiera de los conocidos hasta entonces. Era, al unísono, violento y pacífico, amable y perturbador. En algunas versiones el pájaro negro era presentado como un ejemplar que, habiendo sobrevivido a las eras antediluvianas, tenía rasgos de ciertos grabados de enciclopedia. Es su máxima ebullición la fantasía otorgaba a la misteriosa ave siluetas que la aproximaban a las arpías o a las esfinges. La prensa recogía puntualmente los diversos testimonios sobre el ubicuo pájaro mientras las emisoras de televisión organizaban, alrededor de él, apasionados debates en los que los ornitólogos desfallecían ante el empuje de los expertos en ciencias ocultas. Se le atribuyeron poderes y simbolismos de la mayor importancia, llegándose a poner bajo su advocación la suerte de la ciudad. Ésta alcanzó el solsticio de verano pendiente de los vuelos de un pájaro.

Víctor Ribera trataba de registrar, día a día, los rastros que la ciudad, caminando por un camino desconocido, iba dejando tras de sí. Lógicamente los prodigios no se dejaban capturar por su cámara fotográfica pero, como contrapartida, ésta se mostraba apta para desvelar los gestos de un mundo atrapado por los prodigios. A Víctor le interesaban las expresiones, a veces casi convulsas, de unos hombres que en tan sólo unos meses parecían haber recorrido siglos, en un trayecto que era ocioso discernir si conducía hacia el pasado o hacia el futuro. Le interesaban las huellas dibujadas en el fango del desconcierto. Era, en realidad, un observador que se estaba desembarazando, cada vez con menos dificultad, del malestar que en un principio le había producido el hecho de saberse, solamente, un mero observador.

Quizá a causa de ello tampoco le costaba adaptarse a la corriente de descomposición que penetraba en las cosas. El observador se sumía en ella, grabando en su retina los azotes que desataba. En ocasiones, enfrentado a los retazos que se ofrecían al objetivo, echaba en falta que su cámara fuera inútil para hacerse con los olores que desprendía la existencia. Hubiera deseado, en estos casos, una herramienta preparada para hurgar en todas las impresiones sensoriales. Sin embargo, otras veces sentía que su visión incorporaba los demás sentidos y que sus fotografías estaban en posesión de los ruidos, de los aromas, de los sabores, hasta hacerse, incluso, palpables. Cuando esto sucedía Víctor creía percibir los matices más íntimos que descubrían la transformación de la ciudad. Las imágenes eran las señales más exteriores, y más brutales, de los cambios acaecidos. Las formas y los colores habían variado. Pero también los sonidos lo habían hecho, acompañando a los olores en su reflejo de la descomposición. La música de la descomposición: por casi imperceptible conseguía aparecer como la señal más inquietante. Aunque Víctor conocía, por experiencia, el aspecto y el hedor de un cuerpo en estado de descomposición, nunca había pensado que la podredumbre tuviera, asimismo, su música. Y, no obstante, la tenía. El sonido de la ciudad ya no era el mismo que antes y quien aguzara el oído podía escuchar el tropel de ecos que, desde todos los rincones, anunciaba el paso del cortejo fúnebre.

El observador cazaba sus presas con escrupulosa tenacidad, aunque sabía, porque así se lo había propuesto, que sólo servirían para engrosar su museo secreto. Estaba dispuesto a no exhibir sus trofeos. Cada día, con la misma meticulosidad con que las capturaba, se deshacía de ellas, como si para él fuera suficiente conservarlas en su memoria. Carrete tras carrete, todos los negativos eran destinados a la caja metálica que, de acuerdo con el rótulo que le había puesto, debía encerrar la memoria del tiempo de los exánimes. En ningún momento tuvo la tentación de revelarlos. Sabía, desde luego, que como fotógrafo esto era una aberración. No obstante, tal consideración le era indiferente: en aquellos días prefería poner la técnica del fotógrafo al servicio del desinterés del observador.

David Aldrey sorprendió a Víctor uno de los miércoles del París-Berlín cuando, tras finalizar el almuerzo, le propuso que fueran a pasear un rato junto al mar.

—Esta tarde no voy al hospital —dijo el doctor Aldrey.

Era la primera vez que sucedía. Durante años únicamente se habían encontrado para comer en el restaurante. Por otro lado David, desde hacía meses, estaba más ocupado que nunca. Víctor puso cara de asombro.

—¿Tienes tiempo? —preguntó Aldrey.

—Claro —contestó Víctor, mientras pensaba que, a diferencia de su amigo, lo que le sobraba a él era tiempo.

El Paseo Marítimo estaba poco concurrido. A pesar del fuerte sol de una primavera ya avanzada los transeúntes eran tan escasos que se podían recorrer centenares de metros sin cruzarse con ninguno. El bullicio habitual había desaparecido dando lugar a una inmovilidad casi absoluta. Prácticamente todos los bares y restaurantes estaban cerrados, y los pocos que permanecían abiertos tenían, como única clientela, a sus propios camareros. Los barcos de recreo, sin turistas a los que transportar, estaban amarrados. Tampoco se divisaban los vendedores ambulantes: nadie estaba dispuesto a vender helados, golosinas o postales a compradores que no acudirían. Una multitud de gatos se deslizaba sigilosamente entre montones de basura.

El mar, ajeno a la desolación que le acechaba, era lo único que poseía vida. Cuando a su alrededor todo parecía haberse secado el mar, roturado por el sol, brillaba con especial fulgor, impasible a los desechos que flotaban en su superficie. Incluso hubiera podido afirmarse que con la intensidad de su color quería desafiar a los contornos sedientos que lo contemplaban. A lo lejos, más allá de este desafío, la línea de horizonte mostraba, de vez en cuando, los neblinosos perfiles de buques que guardaban prudentemente la distancia. En otros tiempos, muy próximos, hubieran puesto la proa hacia un puerto considerado importante. A los marineros les gustaban las diversiones que allí siempre habían encontrado. Pero ahora preferían ignorarlas, siguiendo las directrices que aconsejaban evitar aquel territorio vedado. Sólo escasos barcos se arriesgaban a entrar y, los que lo hacían, una vez descargadas las mercancías, zarpaban precipitadamente en dirección a objetivos más recomendables. Como consecuencia, la actividad del puerto, notable por lo general, se había reducido a su mínima expresión. Los buques locales, algunos de gran tonelaje, permanecían adheridos a los diques como gigantes a los que se hubiera arrebatado el aliento. A su sombra, grúas y cabrestantes participaban de la misma pereza. La inactividad lo impregnaba todo de herrumbre.

Tras recorrer un largo tramo del Paseo Marítimo Víctor y David se adentraron en los muelles, sin otra compañía que la de un coche de la policía que patrullaba cansinamente junto a ellos. No les pidieron la documentación. Se limitaron a seguirles durante un trecho de camino y luego, sin ninguna explicación, el coche dio la vuelta, alejándose con igual lentitud. Libres ya de centinelas alcanzaron un sector del puerto donde usualmente se podían alquilar pequeñas barcas de remos. Las barcas estaban en su sitio pero no los encargados de alquilarlas, a excepción de uno que, sentado en un amarradero, se entretenía tirando piedras a unas gaviotas cercanas. Víctor sugirió dar un paseo en barca. A David le pareció una buena idea. Quien hizo ademán de no compartirla fue el barquero, con un expresivo gesto de fastidio. Claramente se sentía mejor apedreando a las gaviotas.

—¿No la alquila? —preguntó Víctor.

—Nadie alquila barcas desde hace tiempo —dijo, por toda respuesta, el barquero.

—Pues nosotros queremos alquilarla —insistió Víctor, con cierta irritación.

Sólo entonces el barquero guardó sus proyectiles. Pero no se movió del asiento en el que se sentía cómodo. Sin mediar palabra sacó del bolsillo un mugriento talonario, arrancó un billete y se lo tendió a Víctor. Éste pagó el importe. El intercambio no surgió efecto pues el barquero no hizo el menor movimiento. Daba la impresión de que su cometido se había acabado.

—¿Cuál es la barca? —interrogó Víctor, impacientándose.

El hombre no se inmutó.

—Aquélla —contestó, señalando una de las barcas—. Si la quieren tendrán que remar ustedes. Si no, les puedo devolver el dinero.

El doctor Aldrey cogió a su amigo por el brazo y lo arrastró nuevamente en dirección a la barca:

—Da lo mismo Víctor. No vale la pena discutir.

Cuando ya se alejaban del muelle, con Aldrey a los remos, oyeron de nuevo la voz del barquero, esta vez condescendiente:

—Pueden tomarse el tiempo que deseen.

David Aldrey condujo la barca hacia el otro extremo del puerto. Visto de cerca el brillo del mar perdía fuerza mientras, simultáneamente, la alfombra de inmundicias que lo cubría cobraba densidad. Sin embargo, después de unos minutos de esfuerzo, Aldrey logró acceder a una zona donde el agua estaba más limpia. Continuó remando, distanciándose paulatinamente de la costa. En cualquier caso la boca del puerto, que les hubiera proporcionado la salida al mar abierto, seguía estando lo suficientemente lejos como para pensar en alcanzarla. Por fin se detuvo en un punto que, aproximadamente, coincidía con el centro del gran rectángulo de mar que permanecía atrapado por los brazos del puerto. Desde aquella posición podían contemplar una parte considerable de la fachada marítima de la ciudad. A excepción de los bruscos quejidos de las gaviotas el silencio era absoluto.

—Si no fuera porque el agua está repugnante me bañaría —comentó Víctor señalando las manchas aceitosas que sobresalían en aquel mar casi estático.

Fue una idea que se le ocurrió de repente y que reprimió con igual celeridad. Durante unos segundos, luego, se quedó con la mirada fija en una de las manchas de aceite. Contenía, pálidos, los colores del arco iris reflejando una sucia belleza. Había visto, muchas veces, que esto sucedía pero nunca, hasta entonces, le había prestado atención. Aquella superficie pegajosa transportaba el mismo ramillete de colores que habían alabado tantos poetas. Hacía años que no contemplaba el arco iris. Seguramente los había habido con frecuencia pero él no los veía. Ahora, el primero que divisaba en tanto tiempo, no estaba en el cielo sino en una mancha de aceite.

—¿Por qué no te vas? —le preguntó Aldrey a bocajarro.

—¿Irme? ¿Adónde?

Víctor, levantando la mirada de la mancha aceitosa, balbuceó estas interrogaciones sin entender la pregunta de su amigo.

—Fuera de la ciudad —indicó David—. Tú puedes hacerlo cuando quieras. ¿Qué te lo impide?

—Nada.

Lo dijo sin pensarlo pero era verdad: nada se lo impedía.

—¿No se te ha ocurrido hacerlo? —musitó David.

Víctor se tomó unos instantes antes de contestar. Cuando lo hizo se sintió un poco avergonzado de su respuesta:

—Por lo visto ni a mí ni a nadie.

—Pero, ¿por qué? ¿No sabes por qué?

Aldrey no se daba por vencido.

—Tienes razón. No sé por qué. En todo este tiempo no lo he pensado ni por un momento.

Víctor, súbitamente, experimentó una cierta animadversión hacia su amigo. Le molestaba la sensación de estar acorralado por una pregunta tan lógica como incontestable. Asimismo le molestaba que David tuviera una suprema justificación que le hacía superfluo contestarse. A pesar de todo trató de agredirlo por este lado:

—Ya sé que dependes de tus enfermos. Incluso así también tú hubieras podido marcharte.

Para sorpresa de Víctor David parecía esperar este argumento. Lo hizo suyo inmediatamente.

—Es cierto. Podría marcharme. Voy a serte sincero: no me sirve la excusa de mis enfermos. Es un buen refugio, lo reconozco, pero nada más. Sé que no voy a irme pero no tengo auténticas razones de peso. ¿Mi mujer y mi hijo? Podría llevármelos si quisiera. En cuanto al hecho de que sea médico y estemos viviendo una situación que aparentemente exige a los médicos una dedicación especial te diré que ya hace tiempo que mi trabajo no cuenta para nada. Cuenta para hacerme una tímida ilusión de que soy útil. Nada más.

—Eres útil —afirmó Víctor, arrepintiéndose de su anterior agresividad.

—No discutamos sobre esta tontería —dijo

David, con una media sonrisa—. La cuestión no es ésta. Quizá tú, con tu cámara, seas más útil en estos momentos que todo el gremio médico. Pero la cuestión es otra. Lo que me interesa es saber por qué estamos atrapados y no hacemos nada para dejar de estarlo.

David se removió sobre su asiento y la barca osciló ligeramente. Continuó:

—Por eso te lo he preguntado a ti, Víctor. Te conozco desde hace mucho y siempre he creído que eras un hombre libre. No protestes. Lo creo. No me negarás que te has movido con más libertad que la mayoría. También has pensado con más libertad. Durante estos meses he esperado tu despedida. Me decía que si alguien estaba preparado para escapar ése eras tú.

—Supongo que no soy este hombre libre que dices. Más bien no me siento libre en absoluto —replicó Víctor.

—Puedo entenderlo pero quisiera que me lo explicaras —pidió David Aldrey, como si necesitara que alguien confirmara en palabras lo que ya intuía.

Víctor, aunque ya no se sentía agredido, se puso a la defensiva:

—Lo haría si pudiera. No puedo. Ni tan siquiera he pensado en ello. Lo único que sé es que es algo que viene de lejos. Ya no recuerdo cuándo fue la última vez que me consideré libre. Supongo que fue cuando todavía creía que la vida ofrecía muchas alternativas diferentes. Hace tiempo, mucho tiempo. Lo curioso es que he olvidado la época en que me metí en una calle que tenía una sola dirección, pero el hecho es que cuando me metí en esta calle dejé de pensar que hubiera cualquier otra.

Estuvo unos segundos en silencio, mirando otra vez en dirección a la mancha de aceite. Concluyó:

—Si he de serte sincero debo decirte que lo que ahora me ocurre es únicamente algo más evidente que antes pero no distinto. Quiero decir: lo que está pasando en la ciudad pone al desnudo lo que era más o menos inadmisible. No añade nada, sólo lo pone en claro. Además, te repito, no he pensado en ningún momento en la posibilidad de marcharme. Me siento inmóvil y lo peor es que quizá no me desagrade sentir esta inmovilidad.

La barca, llevada por el tenue vaivén, había virado de modo que el Paseo Marítimo estaba situado a la espalda de Víctor. Ante él el breve tramo de la línea de horizonte quedaba atenazado entre las escolleras. David, que le había escuchado con atención, hizo un gesto negativo con la cabeza, como si ratificara, sin ganas, un presentimiento. Pero lo que dijo, acto seguido, ya no se refería directamente a Víctor.

—Vivimos encerrados en una cárcel de cristal y me temo que empiece a gustarnos estar así. Sería una fanfarronada de mi parte decir que sé lo que pasa. Nadie lo sabe, y yo tampoco. Pero desde que empezó todo eso he tenido la impresión de mirar a mi entorno a través de un caleidoscopio. Las formas han ido cambiando a medida que se giraba el cilindro. Con esto no quiero decir que yo lo girara. No sé quién lo hacía. Simplemente se giraba y el fondo quedaba modificado, con nuevas figuras cada vez. El sentido de la enfermedad se trastocaba. O el del mal, o el de la locura, como quieras llamarlo. Primero, estos pobres diablos eran sólo enfermos, igual que tantos otros, y para mí lo seguirán siendo. Pero luego he comprobado que la enfermedad podía verse desde otro lado. Y desde otro lado yo no tengo nada que hacer. No estoy seguro de lo que se ve. Es el caleidoscopio y varía. A veces es toda la ciudad la enferma, otras veces es su pasado lo que la ha hecho enferma. Los exánimes han sido la fase terminal de lo que ya llevábamos dentro despreocupadamente cuando creíamos que todo en nosotros era saludable. Después, al manifestarse con crudeza, le hemos dado la vuelta al mal. Entonces le hemos dejado actuar como un imán. Estamos bajo los efectos de su atracción y no tenemos ya el menor deseo de escapar a él. Ya no sé si podríamos vivir sin él.

A Víctor le pareció que David había meditado detenidamente lo que le había comunicado. Era probable que le hubiera invitado a pasear por el puerto para decirle lo que ahora acababa de oír. Pensó que su amigo había cambiado en las últimas semanas. Nunca había sido un hombre cargado de esperanzas pero tampoco, exactamente, un escéptico. Se aferraba a un impulso, o a un deber, que le libraba del escepticismo. Últimamente, sin embargo, confiaba muy poco en el papel que desempeñaba. Destruido, a causa de la alteración de todas las normas, el potencial que había almacenado como médico, creía que sus actos eran puramente mecánicos. El médico, incluso el más abnegado, era una figura superflua cuando se habían subvertido las lindes que acotaban la enfermedad. David no temía el fracaso en la curación de sus enfermos. Eso formaba parte del duelo en que, desde hacía años, participaba. Lo que realmente temía es que ya no hubiera enfermos, sino sombras, y que lo que se consideraba salud fuera la máxima expresión de lo incurable.

—Es posible que lleves razón. Pero, entonces, no entiendo por qué te pasas horas y horas en el hospital, luchando contra un enemigo que, según dices tú mismo, no está allí. No tiene sentido.

David fue contundente:

—No lo tiene, es verdad. Al principio no me di cuenta. Ahora lo sé. A pesar de todo, continuaré haciendo lo mismo hasta el final.

¿El final?: tampoco esta palabra, pensó Víctor, tenía mucho sentido. Para que lo tuviera hubiera sido imprescindible averiguar a qué debía ponerse fin y dónde estaba el comienzo de aquello que alguna vez finalizaría. Pasó por su mente la imagen de una infinita sucesión de muñecas rusas conteniendo, cada una de ellas, a las demás. A él, que en el reparto había adoptado el carácter del observador, le resultaba ya completamente imposible desbrozar en qué momento de esta sucesión se encontraba. Su percepción del tiempo estaba embotada: era incapaz de decidir cuál era la primera muñeca y cuál la última.

Pero no añadió ningún comentario a la afirmación de David. A la vuelta fue Víctor quien se hizo cargo de los remos. La corriente había arrastrado la barca hacia la orilla y el camino de retorno fue más rápido de lo que había sido la ida. Cuando llegaron al muelle el barquero persistía en su asiento del amarradero. Puesto que las gaviotas habían desaparecido, ahora se entretenía recortando un madero con una navaja. Pasaron por su lado sin que el barquero levantara la vista. Únicamente después de recorrer unos pasos oyeron una voz ronca que les gritaba:

—Vuelvan cuando quieran. Son mis únicos clientes.

X

Desde mediados de junio el calor se apoderó de la ciudad con el mismo encarnizamiento con que lo había hecho el frío durante el invierno, y bajo el dominio del calor las corrientes corruptoras atravesaron todas las fibras del organismo. El aire ardiente avivaba la podredumbre y quemaba los pulmones. Las inmundicias, esparcidas ya sin distinción de barrios, se acumulaban frenéticamente como si la ciudad se hubiera arrancado los intestinos para mostrarlos sin pudor. A pesar de ello ninguno de sus habitantes trató de respirar fuera de aquella atmósfera irrespirable. Nadie abandonó la ciudad. La lógica de aquel estado de sitio nunca declarado se impuso sin paliativos, anulando cualquier perspectiva de viaje o, simplemente, de vacaciones fuera de la ciudad. El que una costumbre tan generalizada se cercenara de raíz, sin que existiera un impedimento explícito que obligara a ello, formaba parte de aquellos secretos bien guardados a los que los ciudadanos se prestaban con rara obediencia. A lo sumo se oían esporádicos comentarios sobre el deterioro que debían sufrir las casas de recreo, inutilizadas desde el año anterior. Pero nadie tomaba la menor iniciativa para atravesar la muralla invisible que les separaba de ellas. Como si se respondiera a una determinación común se daba por descontado que el único territorio que existía era el de la ciudad.

El creciente calor hizo que pronto este territorio se asemejara a una olla a presión cuya temperatura se acercaba peligrosamente al punto de ebullición. De la mañana a la noche una densa capa de vaho circulaba pesadamente por las calles, inoculando veneno a través de puertas y ventanas. Cuando la neblina se hizo permanente el Consejo de Gobierno trató de restringir el tráfico de automóviles, pero el colapso de los transportes públicos hizo que cualquier medida perdiera de inmediato su eficacia. Se decía que escaseaba el carburante, sin que esa posibilidad apartara a los ciudadanos del uso de sus vehículos. Bien al contrario: éstos constituían, al parecer, un caparazón protector en el que uno podía sentirse seguro con respecto al desamparo del viandante, cada vez menos frecuente, que se arriesgaba a caminar sin coraza.

Sin embargo, el poderío del bochorno se manifestaba más allá de las pieles sudorosas y los asfaltos humeantes. El bochorno saturaba el espacio de las conductas incitando a movimientos extremos. Las noticias, fundadas o no, sobre nuevas y fulminantes extensiones del mal crisparon hasta tal punto los ánimos que el coro de voces violentas se hizo notar con más fuerza que nunca. Parecía inevitable que un mazazo brutal fuera descargado sobre la ciudad. Y lo que se venía anunciando finalmente ocurrió la noche del solsticio de verano.

La mecha prendió con rapidez. Unas pocas hogueras festivas con las que algunos grupos de adolescentes se empeñaban en continuar una arraigada tradición fueron, según se adujo con posterioridad, el detonante. Lo cierto es que la ciudad estaba preparada para el fuego, y el fuego, impulsado por el aire propicio, tomó posiciones con facilidad. Las hogueras se multiplicaron como un juego embriagador en el que jóvenes cada vez más audaces descubrían la mayor excitación. Cuando ardieron muchos de los montículos de escombros que estaban diseminados por doquier empezó a cundir la alarma. Sin embargo, a aquellas alturas de la noche, el instinto se había ya desbocado. Las autoridades, tras su inicial pasividad, reaccionaron tardíamente, en un momento en que la muchedumbre ya no estaba dispuesta a abandonar su juego sólo porque las autoridades hubieran reaccionado. Pasada la medianoche el cielo estaba enteramente enrojecido.

En el seno de la selva de fuegos la violencia estalló limpia, contundente, con la prodigalidad de aquellos deseos largamente inhibidos. Y bajo su reclamo las calles, casi desiertas desde hacía tiempo, se llenaron de gente que parecía haber esperado pacientemente la hora oportuna de la devastación. El pillaje y las algaradas se sucedieron en todos los barrios. Las agresiones sin motivo causaron muertes sin justificación: la presencia inerme de los sacrificados alimentaba el vigor de los sacrificadores. La sangre exigía su protagonismo y lo lograba con creces. Pero por encima de la violencia sobre los cuerpos reinaba la violencia del grito. Todos gritaban. La ciudad gritaba como si se retorciera en un espasmo, en un exceso de dolor colectivo que había acabado convirtiéndose en un alarido de alegría.

A medida que transcurría la noche la revuelta se avivaba con nuevos episodios. A las habituales sirenas de las patrullas y de las ambulancias se sumaron las de los coches de bomberos. Pero éstos, hostigados por los revoltosos, tenían grandes dificultades para controlar las llamas que afectaban a numerosos edificios. Los enfrentamientos se prolongaron hasta el amanecer, en medio del griterío ensordecedor. Únicamente tras la salida del sol los gritos fueron amainando hasta diluirse en un silencio que tan sólo era rasgado por los chirridos de las sirenas. Horas más tarde, sofocados el fuego y la revuelta, la ciudad comenzó a interrogarse sobre lo que había sucedido. Para entonces, no obstante, las secuelas de la destrucción eran respuestas demasiado evidentes. El humo se había adueñado del paisaje posterior a la batalla y nublaba cualquier mirada sobre el futuro.

Tampoco alguien, como Víctor Ribera, que había asumido deliberadamente ser un mero espectador, negándose a formar parte de ninguna de las corrientes que chocaban entre sí, pudo sustraerse a la penosa impresión de aquel brutal inicio de verano. Estuvo a punto de renunciar a su diaria crónica fotográfica dado que, de una manera que no lograba definir, sentía vergüenza de sí mismo. No había participado, claro está, en los disturbios pero no por ello se sentía menos cómplice ante ellos. Con una incertidumbre que le enervaba se reconocía miembro de un cuerpo que se extendía más allá del suyo propio y del que, a pesar de intentarlo, no podía desgajarse. Estaba sumido en la avalancha que, sin rumbo, lo arrollaba todo a su paso.

Venciendo, finalmente, sus escrúpulos se decidió a salir cerca del mediodía. Ángela trató de retenerlo alegando probables riesgos. Víctor la tranquilizó:

—Voy a estar poco rato. Sólo será una pequeña inspección sobre el terreno. Volveré pronto.

Era domingo pero únicamente se podía adivinar porque los establecimientos comerciales estaban cerrados. Por lo demás, nada de lo habitual en ese día se confirmaba. No se divisaban reuniones familiares. No había feligreses saliendo de las iglesias ni aglomeraciones delante de las pastelerías. Era un domingo sin indicios festivos, y como tal resultaba inédito. Sin embargo, tampoco hacía recordar la especial vitalidad de las jornadas laborables, con su tráfico intenso de personas y vehículos. A Víctor le pareció que aquél era un día abruptamente inventado por una mente que desafiaba los ciclos de los calendarios. Alguien, con desmesurada ironía, lo había impuesto a la ciudad, seccionando el transcurrir cotidiano del tiempo: un día recién creado que no tenía el recurso de medirse con días idénticos del pasado a los que poder imitar.

Víctor supo enseguida que un día como el que estaba concibiendo entrañaba reconocer que la vida se había evadido definitivamente a otra parte y esto, para él, pese a todo lo que estaba sucediendo desde hacía meses, era un sentimiento nuevo. Por primera vez tuvo nostalgia de aquella otra ciudad que aparecía casi desvanecida en un punto muy remoto de su historia. No obstante, le costó recordar: por el delgado resquicio de medio año se habían colado lustros enteros que obstruían la circulación de la memoria. Resultaba desagradable aceptar que, al igual que la ciudad, también él se estaba quedando sin memoria.

Las calles ofrecían un aspecto similar a las grandes playas tras el reflujo de la marea, cuando el agua, al replegarse, abandona sobre la arena infinidad de restos. Había unos pocos edificios calcinados y abundantes brasas todavía humeantes. El alcance de los incendios era, pese a ello, reducido en aquel barrio. Sin duda en otros, por las imágenes que se habían podido contemplar durante la noche, el fuego había actuado con mayor espectacularidad. Con todo, Víctor no pudo evitar la sensación de que la obra de las llamas había sido menos eficaz que la de los hombres. A las llamas les había correspondido la acción más vistosa, hasta cierto punto limpia en su devastación, mientras que los hombres habían quedado encargados de acciones menores, si bien sumamente dañinas. El observador había aprendido ya, a través de múltiples experiencias, que las catástrofes se medían, no pocas veces, por sus pequeños detalles. Aunque se adjudicara a las fuerzas mayores el peso de un acontecimiento era, en realidad, en las menores, donde se encarnaban los obstinados rastros del estallido. Era en las numerosas trastiendas de un acto dramático donde tenían lugar las tensiones más encarnizadas y, por tanto, la destrucción más persistente.

Lo que Víctor veía a su alrededor le corroboraba en esta enseñanza. Primeramente había concentrado su interés en la piedra quemada y en las esbeltas columnas de humo que acababan confundiéndose con el aire rarificado de la calima. Luego, sin embargo, vencida esta contundente perspectiva de lo sucedido, demasiado vasta para no ser distante, su mirada quedó atrapada por minúsculos testimonios. La huella no se revelaba tanto en lo alto de los edificios chamuscados cuanto en el asfalto, a ras de suelo, donde los hombres, inferiores al fuego en poder, habían demostrado su superioridad depredadora. Por lo que pudo examinar la noche había albergado sucesivos ajustes de cuentas, iniciados quizá con enfrentamientos entre rivales, pero finalmente generalizados en una lucha de todos contra todos que había implicado propiedades y, en algún caso, vidas. Comercios y, en menor grado, viviendas habían sido saqueadas. Lo que no se habían llevado consigo los asaltantes lo habían abandonado en plena calle, de modo que el balance del pillaje nocturno sugería una extraña inversión del entorno que, habitualmente, rodeaba al ciudadano: la intimidad parecía haberse resquebrajado desde el momento en que muchos objetos de uso doméstico, impensables fuera de reductos privados, entraban a formar parte de un escenario anónimo que al pertenecer a todos no pertenecía a nadie. A juzgar por la saña con que habían sido dañados los muebles y enseres que se encontraban por todas partes, cabían pocas dudas de que aquel despojo de la intimidad representaba la acción culminante de una noche en que la ciudad se había violado a sí misma con rabia y, según las apariencias, con destructora alegría.

Los pocos transeúntes que caminaban entre los escombros miraban enderredor suyo con perplejidad. Algunos aminoraban su marcha para comprobar el estado de ciertos objetos, pero ninguno se detenía. Nadie se entretenía saqueando o recuperando lo saqueado. Únicamente un niño de cuatro o cinco años, solo entre los desechos, disfrutaba de lo que tenía a su alcance. Víctor se le acercó:

—Hola. ¿Qué haces?

El niño levantó la cabeza unos instantes, antes de continuar con su tarea. Estaba sentado en el bordillo de la acera, empeñado en meter una cuchara en el orificio demasiado estrecho de una botella. Le irritaba que el mango de la cuchara entrara fácilmente, pero no así la cazuelita.

—No podrás —le advirtió Víctor.

No le hizo el menor caso. Por contra, continuó probando, ensimismado en sus tentativas. Alternaba la ira, golpeando el cuello de la botella, con el esfuerzo para conseguir su propósito, en el que se aplicaba sacando cómicamente la lengua. Por fin pudo más la ira y arrojó la botella con toda la fuerza de que era capaz. Le rodearon los cascotes producidos por el vidrio al chocar con el suelo. Víctor lo levantó, para evitar que se hiriera, y lo trasladó a unos metros de distancia:

—¿Te has hecho daño?

El niño negó con la cabeza.

—¿Dónde están tus padres?

—No lo sé —dijo casi imperceptiblemente.

Estaba a punto de llorar pero no lo hizo. Víctor supuso que estaba perdido y miró a su alrededor, tratando de divisar a alguien que pudiera ser un familiar.

—¿Con quién has venido?

—No lo sé —repitió el niño.

Para contener el llanto mantenía los labios muy apretados, dibujándose en su boca una mueca de graciosa energía. Víctor logró, tras algunos titubeos por parte del niño, que se sentara a su lado. Estuvieron jugando durante un rato con una lata vacía a la que golpeaban con la cuchara. Pero cuando aparentaba estar más tranquilo el niño rompió a llorar sin que sirvieran de nada los intentos de Víctor para distraerle. Por fortuna, al cabo de unos instantes, se aproximó un anciano que, por lo que él pudo deducir, era su abuelo. El niño, sin dejar de llorar, fue a su encuentro, abrazándose a sus piernas. Víctor también se levantó:

—Temí que se hubiera perdido —le dijo al recién llegado.

—Fue una imprudencia por mi parte —admitió el anciano, disculpándose a continuación—. Tenía que encontrar algo.

Mostró un hermoso reloj de madera, antiguo y medio carbonizado, que sostenía con mucho cuidado. Era un hombre frágil, probablemente cerca de los ochenta, cuyo aspecto fatigado no alcanzaba a desmentir una elegancia natural. Acompañando a su fragilidad los ojos azules y los cabellos blancos le otorgaban un aura de ligereza en el interior de una atmósfera aplastante. Con una mano acariciaba a su nieto mientras, con la otra, agarraba el reloj que había recuperado de entre los escombros.

—Tenía que encontrarlo —se justificó de nuevo—. Es un objeto muy querido.

Le explicó a Víctor cómo la noche anterior unos individuos habían irrumpido en su vivienda, situada en la planta baja de un inmueble próximo, llevándose todo cuanto habían querido. Al parecer la única falta cometida por el anciano había sido recriminarles porque habían encendido demasiado cerca una hoguera, de modo que la humareda penetraba en su casa.

Primero se burlaron de él, luego, al perseverar en sus reproches, derribaron la puerta. A pesar de todo se congratulaba por no haber recibido ningún daño.

—Destrozaron cuanto quisieron, pero a mí no me tocaron.

Esto le consolaba. Tampoco parecía muy afectado por el saqueo de sus pertenencias, a excepción del reloj que, por otra parte, aunque en pésimo estado, había recuperado. Mantenía una inusual dignidad en medio del desorden reinante. Quizá por ello Víctor se atrevió a preguntarle su opinión sobre lo ocurrido. El anciano sonrió plácidamente, y por un momento sus ojos azules adquirieron la luz infantil que poseían los de su nieto:

—Mire, tengo la impresión de que hemos entrado en unos tiempos en que estas cosas suceden con la misma naturalidad con que antes uno tropezaba con el peldaño de una escalera. No creo que seamos mejores ni peores por eso. Simplemente debemos saber que todo está trastornado y actuar en consecuencia. Esta noche, después de que pasara lo que le he contado, me he quedado todo el rato despierto. Al principio no podía dormir de miedo y rabia, pero luego me he tranquilizado. Entonces me he dado cuenta de que no quería dormir. No porque tuviera pánico, pues ya no lo tenía, sino porque era agradable pensar. He dado vueltas a muchos asuntos y he acabado dando gracias por estar vivo. También he pensado en la muerte, que seguramente tengo cerca aunque no lo perciba. Le aseguro que no tengo un temor especial, pero me fastidia perderme el espectáculo de la vida. Sobre todo sus pequeños matices. A medida que me he hecho viejo los matices han sido importantes. Ayudan mucho. Tal vez por esto veo con cierta serenidad lo que nos está pasando. Los matices pueden llegar a compensar un poco la parte más negativa de las cosas. Ya sé que podríamos vivir tiempos mejores, no lo niego. Yo me conformo con éstos. Debe de ser porque soy viejo.

El niño le interrumpió, cogiéndolo de la mano y dándole tirones.

—Vámonos —gritó varias veces.

—Discúlpeme —le dijo el anciano a Víctor—. Ya ve que me arrastran. Muchas gracias por haber cuidado de este diablillo. Dile adiós a este señor.

Cuando empezaban a alejarse Víctor detuvo su marcha cruzándose en el camino.

—¿Por qué es tan importante este reloj? —preguntó, apercibiéndose inmediatamente de que no tenía ningún derecho a hacer una pregunta de este tipo.

Pero el viejo no se sorprendió. Volvió a sonreír con la misma timidez infantil con la que lo había hecho antes:

—Desde luego no tiene mucho valor y menos tal como ha quedado. Me lo regaló mi padre. A él también se lo había regalado su padre. Algo sentimental, ya sabe. Lo he visto siempre en mi casa y me gustaría continuar viéndolo hasta que pueda.

Volvió a despedirse y, de la mano de su nieto, se puso a caminar sorteando algunos obstáculos que dificultaban el paso por la acera. Cuando ya se habían distanciado lo suficiente Víctor sacó su cámara del estuche e hizo varias fotografías de la pareja. Después, mientras la guardaba de nuevo, estuvo contemplándola. Por fin, abuelo y nieto desaparecieron doblando la esquina. Durante bastante tiempo Víctor permaneció, hierático, en el mismo punto desde el que había tomado las fotografías. Tenía grabada en el oído la voz suave del anciano. Quería retenerla. De pronto constató que quería retenerla como un sedante que le confortaba extrañamente. Le cautivaba el timbre de aquella voz que, desde su absoluta fragilidad, parecía contrarrestar los sonidos tenebrosos que la rodeaban. No sabía cuál era la razón de aquel poder aunque, súbitamente, imaginó una posibilidad: aquel hombre, por las circunstancias que fuera, permanecía fiel a un lugar central contra el que nada podían hacer las fuerzas circundantes. No se oponía a tales fuerzas. Sencillamente, anclado en su centro, dejaba que se aniquilasen entre sí.

Los días posteriores a la noche de fuego fueron extremadamente confusos y, de acuerdo con lo que venía siendo norma habitual, a falta de otros responsables, se señaló como fuente de instigación a los portadores del estigma. Nadie pudo acusar a los exánimes, recluidos en su total pasividad, de la autoría material de los disturbios, pero se hizo patente que su sola existencia se consideraba suficiente motivo de repulsa y también, sin excesivas deliberaciones, de condena. Se fue, por tanto, más allá de aquéllos, apuntando hacia los que supuestamente los toleraban, en un viraje significativo que ponía bajo sospecha, como protectores del mal, a los que eran tenidos por demasiado tibios o complacientes.

Se acusó así, cada vez con mayor encono, a todos los que se resistían a identificar la enfermedad con el crimen. Pero como no bastaban las dudas con respecto a individuos muy pronto el descontento alcanzó a las instituciones públicas, culpables, según los acusadores, por no haber cortado el problema en su raíz. Se pidieron destituciones y, entre los más exaltados, cabezas. Hubo concentraciones de protesta, con airados oradores surgidos del anonimato que reclamaban medidas taxativas. Por primera vez parecía que el Consejo de Gobierno había perdido el control de la situación. Hasta entonces su mandato, pertrechado en la provisionalidad, había sobrellevado con discreción las circunstancias adversas. La máquina legislativa, funcionando a buen ritmo, proporcionaba una sensación de eficacia. Ahora, no obstante, las vacilaciones eran continuas, recurriendo a decretos tan contradictorios que, con frecuencia, se anulaban mutuamente. Un día el Consejo de Gobierno podía alardear de razones humanitarias, pidiendo solidaridad con los exánimes, y, al día siguiente, sumarse a las voces de alarma, acariciando proyectos fulminantes para erradicar el mal. El desconcierto se había erigido en el fiel de una balanza que oscilaba bajo el peso de veleidades que, en cualquier otro momento, hubieran sido tenidas por delictivas cuando no por directamente ridículas.

Examinado desde otro ángulo había que aceptar, sin embargo, que las dudas del Consejo de Gobierno, fatales para su credibilidad, reflejaban cabalmente las dudas que escindían la conciencia de la población en dos percepciones antagónicas que estaban obligadas a coexistir. Max Bertrán, siempre amante de los diagnósticos ante los que creía estar excluido, lo había resumido con perspicacia:

—Unos lo ven todo cada vez más claro y otros lo sienten cada vez más absurdo. No podemos esperar nada ni de unos ni de otros.

Pero nadie quedaba al margen de esta distinción, ni siquiera Max Bertrán, pues todos, a su manera, tomaban partido. Los que se decantaban por la claridad, sin duda la mayoría, hacían continuos progresos en esta dirección. Claridad significaba, para éstos, algo que equivalía a la posesión de una fórmula inminente que supondría la superación de buena parte de las dificultades. Esto los unía, aun cuando procedieran de campos muy diversos de la vida social. Tal vez en períodos anteriores habían tenido una visión más compleja de los fenómenos que los rodeaban. En el presente no podían permitírselo: en el presente su sentido de la existencia pendía de un hilo demasiado delgado como para abandonarse a arabescos. Los que no eran simples por vocación lo eran por necesidad, pero, en cualquier caso, estaban de acuerdo en que esta simplicidad podía otorgarles la llave de la salvación. Atribuirse claridad ante el futuro era descubrir que la situación no era tan complicada como se decía y, sobre todo, que los remedios eran mucho más sencillos.

Curiosamente, después de los desastres del solsticio de verano, el bando de los que defendían esta perspectiva fue engrosando sus filas sin cesar. Tras meses de impotencia ante lo desconocido la población pareció tomar aquella fecha como expresión de su propia saturación, como si, harta de incertidumbres, exigiera, en adelante, una inmediata certeza. Había llegado el momento de la acción, y la acción, naturalmente, tenía que estar dirigida a la erradicación completa del mal. Para el sentir mayoritario la existencia de los exánimes, por invisible que fuera, era realmente el único enemigo. Y éste debía ser batido empleando todos los medios. Se trazaba, así, una frontera de hierro, más allá de la cual se abrían los campos del destierro a los que serían arrojados los adversarios del bienestar. Muchos dedos señalaban, sin ningún pudor ya, hacia este objetivo.

Los que estaban en el otro bando, oponiéndose a esta excesiva claridad, se veían obligados, cada vez con mayor rigor, al secreto de los comentarios en voz baja. Sin embago, más decisivo que esto era constatar que se hallaban inmersos en el absurdo. Incluso hombres como David Aldrey que, desde el principio, habían combatido tenazmente para mantenerlo alejado, acababan sucumbiendo. Víctor Ribera, a pesar de la admiración que profesaba por su amigo, lo corroboraba cada vez que se encontraba con él. De nada servía su empecinamiento, si es que no era una actitud que hacía más evidente su lenta caída. Aferrarse a los beneficios de la razón cuando ésta, en las circunstancias que les había tocado vivir, era un barco que hacía aguas por los cuatro costados, denotaba, de modo particularmente cruel, el triunfo del absurdo. Era dudoso que el doctor Aldrey no lo supiese. Víctor intuía que su amigo lo sabía aunque estaba seguro de que lo negaría hasta el final. Era la baza por la que había optado.

Para Víctor era distinto: no oponía resistencia al absurdo. Al mismo tiempo era incapaz de adivinar si éste era pernicioso. En ocasiones, cuando lo consideraba, no dejaba de constatar que había, en ello, un cierto privilegio. A diferencia de David él se había movido por los márgenes pero, como contrapartida, tenía una mejor visión de conjunto. Eso le proporcionaba, asimismo, una mayor penetración en los entresijos del absurdo. Su adiestramiento le había conducido en rumbo opuesto a la claridad que ahora reclamaban sus conciudadanos. Le asombraba la determinación con que éstos fijaban sus coordenadas, como si la geografía moral tuviera también, perfectamente delimitados, sus continentes y países. A él la crisis de la ciudad había terminado por borrarle las líneas de los mapas, sugiriéndole un mundo en que todos los territorios eran intercambiables. Fácilmente esto se prestaba a la completa desorientación pero asimismo a un estímulo inesperado: rotos los contornos afloraba un magma inédito que era semejante a una nueva sensación de libertad.

Esto era inadmisible y Víctor sólo se lo confesaba a sí mismo, como en un sueño. Al fin y al cabo, se decía, el absurdo y el sueño tenían mucho en común al destruir las leyes que normalmente aceptamos. En ambos casos la pesadilla había sido inevitable y también él, como la ciudad, experimentaba el dominio de los íncubos, con sus ceremonias monstruosas y sus expediciones de terror. Pero en los intersticios de la pesadilla, cuando cesaban los vientos venenosos, brotaban sueños ligeros que modificaban abruptamente el sentido de las cosas, situándole en un horizonte que apenas hubiera podido entrever en tiempos anteriores. La mutación, sin duda, había sido terrible, desfigurando formas y aniquilando certezas. No obstante, tenía, paralelamente, una vertiente liberadora. Liberaba ataduras, dejando que los conceptos morales, arrancados de las tablas de la ley, flotaran en un aire de perplejidad, como si se tratara de un rompecabezas en el que nuestra imagen del hombre se hubiera descompuesto en mil pedazos. Recomponer esta imagen exigía un ejercicio de apabullante sinceridad que, aunque lo consideraba superior a sus fuerzas, no por ello resultaba menos excitante para Víctor. Sabía, sin embargo, que tal excitación quedaría circunscrita a su intimidad. Mientras los que pedían acción confesaban abiertamente sus propósitos, al observador le correspondía preservar sus averiguaciones. Pues, evidentemente, eran inconfesables.

XI

La modificación que se advirtió en el comportamiento de los ciudadanos vino a dar la razón a los que apostaban por un giro radical en el curso de los acontecimientos. A la etapa de retraimiento invernal, que los había mantenido encerrados en sus casas, le sucedió otra, en la que, como si se siguiera unánimemente una consigna, la calle se hizo con todo el protagonismo. La población buscaba en el tumulto lo que no había podido encontrar durante los largos meses de reclusión. Pero aquélla era una búsqueda frenética que en poco se asemejaba al tradicional gusto por los espacios exteriores propios de las épocas veraniegas. Bien al contrario, la multitud se movía de un lugar a otro, tensa, continuamente expectante, al igual que una jauría que ha olido la presa, sin haberla, todavía, localizado. Se daban los indicios suficientes como para saber que la caza había comenzado. Abundaban los ojeadores y muchos se ofrecían para participar en la batida. Sólo faltaba que alguien trazara el camino.

En tal situación se multiplicaron los que afirmaban conocer el objetivo, y la estrategia para conseguirlo. Fueron días propicios para los salvadores, cuyas ofertas pródigas se adecuaban a la perfección con el alud de demandas desmesuradas. Pronto la ciudad reprodujo a gran escala la imagen de una feria en la que los curiosos, ávidos de soluciones rápidas, se agolpaban ante las casetas de los oficiantes más prometedores. Todo ello constituía, sin duda, una estampa del pasado, si bien únicamente hasta cierto punto: la feria estaba dotada de los últimos recursos técnicos, de modo que los prodigios, en apariencia viejos que los feriantes vendían, quedaron revestidos por un aura atractivamente actual. Los conjuros mágicos y los elixires de la felicidad, propuestos al público en la retorta tecnológica, se transmutaban en manjares iluminadores del inmediato porvenir. Era fácil deducir, a partir de esos síntomas, que la ciudad había alcanzado una fase de fusión de los componentes que la venían integrando a través de la cual sus distintas caras, yuxtaponiéndose, formaban ya un extravagante conglomerado. El constante deterioro de los meses recientes había facilitado el resurgimiento de un humus primitivo que acogía cualquier trayecto de retorno a los arcanos de la imaginación. No obstante, esto no excluía que el contorno moderno de las cosas fuera preservado y acentuado, imponiéndose, a fuerza de experimentarla cotidianamente, una síntesis de tendencias que, antes, hubieran sido consideradas antagónicas.

Los salvadores se movían con facilidad en este escenario híbrido, utilizando para sus propósitos el estado febril que se había apoderado de las calles. Los había de todo tipo, compitiendo entre ellos por obtener mayores zonas de influencia, de manera que frecuentemente la naturaleza de sus arengas variaba según los espectadores a los que querían convencer. Eso produjo tensiones entre los acólitos de unos y de otros, defensores de verdades que se negaban mutuamente. En estas circunstancias las autoridades intervenían sólo en casos extremos, cuando el orden público estaba comprometido o cuando convenían que una intervención oportuna servía para recordar a los ciudadanos quién, a pesar de todo, detentaba el poder. Pero, en general, el Consejo de Gobierno se mantenía en una actitud pasiva, bien porque calibraba que las demostraciones callejeras eran todavía inofensivas, bien porque, como se opinaba a menudo, no estuviera ya en condiciones de sobreponerse a su impotencia.

A diferencia de los predicadores y augures, que habían hecho su formidable aparición durante la primavera, los salvadores reclamaban acciones inmediatas. Respondían, en realidad, a tiempos distintos y a exigencias sucesivas. Los predicadores fueron idóneos cuando la ciudad, hundida en una difusa mala conciencia de sí misma, necesitó bocas condenadoras que hablaran el idioma de la culpa. Por su parte, los augures sirvieron para amortiguar tal idioma, interrogando al porvenir y adjudicando bienes venideros. Pero ni el pasado, en el que se auscultaba el origen de la culpa, ni el futuro, donde se acariciaba la redención, eran buenos materiales para la acción. Los salvadores, en cambio, trabajaban la materia del presente, desde la seguridad de que únicamente ésta, ciega ante todo lo que no fuera la visión de su propia potencia, era capaz de albergar los momentos más punzantes de la pasión. Para ellos el presente tenía precio, y cada uno se tenía por el mejor postor.

Como no podía ser de otra manera no tardó en producirse entre los salvadores un proceso de selección natural en el que sólo los que se adaptaban a las condiciones del medio tenían probabilidades de sobresalir. Y adaptarse a aquel medio era una tarea compleja, pese a las aparentes facilidades que sugerían las aguas revueltas que anegaban la ciudad. Se requería habilidad, audacia y, en especial, una descomunal capacidad para la persuasión. Muchos demostraron ser centellas efímeras que se apagaban sin apenas haber iluminado. Otras brillaron durante semanas antes de sucumbir a la indiferencia. Las multitudes, convencidas de su nuevo protagonismo, se mostraban más volubles que nunca, adorando repentinos ídolos, a los que, a continuación, con la misma espontaneidad, destrozaban sin contemplaciones. El entusiasmo crecía rápido, y el aborrecimiento también, y entre ambos el vaivén de las opiniones santificaba y condenaba implacablemente.

Día a día las exigencias de la multitud variaban, con una ductilidad instintiva. En consecuencia, tan sólo los dúctiles, aquellos que tenían un exquisito talento para el transformismo, acabaron siendo de su agrado. En este terreno pronto se vio que ninguno de los salvadores era de la talla de Rubén. El Maestro esperó pacientemente a que sus rivales se destrozaran entre sí mientras, agazapado en su feudo de la antigua Academia de Ciencias, preparaba su oportunidad. Él no era un recién llegado al mercado de las culpas y las esperanzas sino que, bien al contrario, podía ser calificado como el transformista perfecto. Había ejercido con éxito las funciones de predicador y vidente, pero ya desde su irrupción pública había demostrado poseer aptitudes óptimas para ser, por encima de todo, un salvador. Podía, pues, afirmarse de él que dominaba los tres frentes del tiempo, pasado, presente y futuro, y éste era, precisamente, el argumento irrebatible en el que basaba su superioridad.

Cuando, por fin, Rubén se decidió a bajar a la arena lo hizo revestido de una autoridad, divulgada por sus numerosos seguidores, de la que los otros carecían. Reunía los requisitos apreciados por la multitud y además, gracias a sus dotes organizativas, un don que impresionaba vivamente: insuflaba, por así decirlo, orden en el tumulto. Sus primeros pasos fueron cautos y, sin abandonar sus sesiones estelares de la Academia de Ciencias, empezó a hacer notar su presencia en la calle. Para ello organizó, a la salida de las funciones, marchas nocturnas en las que los participantes portaban antorchas encendidas. El escenario escogido, la Plaza Central, la más grande de la ciudad, demostraba una convicción fuera de dudas con respecto a sus posibilidades. En un principio le siguieron sus adeptos, unos centenares, pero al cabo de poco tiempo la concentración nocturna pareció instaurarse como una costumbre a la que era obligado sumarse. Rubén, en sus alocuciones a la muchedumbre, no añadía demasiado a lo que decía en sus habituales discursos de la Academia, si bien era más explícito: se ofrecía para encabezar la regeneración de la ciudad. Entretanto la multitud se sentía satisfecha como si, tras el ostracismo invernal en la soledad de las casas, el encuentro diario en la Plaza Central constituyera la señal premonitoria de su poderío. En medio de la oscuridad, impuesta por las restricciones en el alumbrado público, el ejército de antorchas se sugestionaba con su propia luz.

A mediados de verano, cuando el calor alcanzó su punto álgido, pudo, por fin, afirmarse que la ciudad estaba en manos de Rubén. Aunque sorprendente no era una afirmación precipitada: su imagen, siempre vestido con el impecable traje blanco, aparecía por todas partes, fuera en carteles o en pantallas electrónicas, fuera directamente en fotos estampadas que sus entusiastas lucían en las vestimentas. Durante el día se alababan sus cualidades y durante la noche se pedía, ya sin disimulo, que tomara las riendas del poder. Lo que resultaba más asombroso es que apenas hubiera controversias, a pesar de que se hacía difícil enumerar sus cualidades ni nadie, incluidos sus más fervientes admiradores, se atreviera a aventurar sus intenciones. El Maestro encarnaba la incógnita perfecta. Nada se sabía de su procedencia, ni de sus ideas, si las tenía, ni de sus propósitos, y esta ignorancia, paradójicamente, jugaba a su favor, en tanto que aparentaba no estar contaminado de ninguno de los lastres que habían pesado sobre la ciudad. Bastaban sus dotes de alquimista para una sociedad que ya sólo confiaba en la súbita revelación de una fórmula secreta.

Quizá esta suma de factores explicaría la sinuosa evolución que, de inmediato, siguió la ciudad. Abrumado por los constantes ataques recibidos el Consejo de Gobierno respondió poniendo cerco a Rubén. A lo largo de varias noches numerosas dotaciones de la policía sitiaron a los concentrados en la Plaza Central mientras la prensa insertaba comunicados oficiales denunciando a los agitadores. En un último esfuerzo por contrarrestar el imparable prestigio del recién llegado se recordaron los enormes beneficios reportados por la razón al bienestar de los pueblos. Frente al sol de la razón, que había iluminado la civilización moderna, moldeándola con la libertad y el progreso, Rubén fue presentado como el portavoz de la superstición y la tiniebla, cuando no, en las críticas más expeditivas, como un simple histrión que trataba de engañar con sus malabarismos. Se prodigaron los epítetos acusadores: el embaucador, el demagogo, el nigromante. Según los cálculos de las autoridades una cruzada en favor de la razón debería acabar necesariamente desenmascarando a los tramposos.

A los pocos días se comprobó, sin embargo, que la exaltación de los ideales era tan insuficiente como la vigilancia de los policías. Una y otra eran demasiado delicuescentes para hacer mella en una población impaciente por saborear actuaciones enérgicas. Rubén no sólo no vio mermada su audiencia sino que fue investido con la aureola del desafío: sin ceder a las presiones mantenía continuamente en jaque a las autoridades. En esta peculiar partida de ajedrez fue el Consejo de Gobierno el que emprendió el paso falso que, con toda probabilidad, su contrincante esperaba. El Maestro fue detenido una mañana, cuando entraba en su sede de la Academia de Ciencias acompañado de sus discípulos más íntimos. El Consejo de Gobierno, al considerar la inutilidad de sus medidas simbólicas, había optado por las más drástica creyendo, así, que yugularía el movimiento de oposición. En escasas horas se iba, sin embargo, a demostrar lo contrario.

La noticia de la detención de Rubén se extendió con rapidez fulminante pese al férreo silencio al que obligaba la censura. A lo largo del día los ritos de la confusión se propagaron por todas partes sumiendo a la ciudad en un claroscuro de informaciones y desmentidos. La excepcionalidad que venía rigiendo en la vida comunitaria había calado ya tan hondo que había incubado una nueva normalidad, de acuerdo con la cual la excepción apenas existía y lo que en otro tiempo hubiera sido calificado de este modo ahora se contemplaba como algo perfectamente común. Y esto afectaba, en particular, al valor de las palabras. Las palabras, arrancadas de su valía propia, se habían convertido en armas arrojadizas de múltiples filos. Eran, simultáneamente, opacas y transparentes, hasta el punto de que, por lo general, resultaba imposible descifrar los mensajes de que eran portadoras. Nadie, por tanto, buscaba en ellas verdad sino únicamente la confirmación o no de unos ecos de los que, en cualquier caso, se ignoraba el sonido originario. Todo ello favorecía situaciones como la que siguió al apresamiento de Rubén, cuando en el hervidero de las habladurías lo que se había negado al poco se ratificaba y lo que unos instantes antes nunca había acontecido se transformaba, después, en la más palpitante realidad.

A lo largo de la tarde las calles céntricas se llenaron de gentes expectantes. Era difícil discernir quién era seguidor de Rubén y quién satisfacía, sencillamente, su curiosidad, aunque se hacía evidente que esto importaba poco pues aparecían unidos por el deseo de que algo inminente sucediera. Precisamente para impedirlo el Consejo de Gobierno, mediante un gran despliegue policíaco, había cortado los accesos a la vieja Academia de Ciencias y a la Plaza Central, los dos lugares en los que, cada día, Rubén se dirigía a sus admiradores. Estos obstáculos enfurecieron a la multitud cuyo ánimo se fue encrespando a medida que se reducía su libertad de movimientos. Hubo gritos contra el Consejo y conatos de enfrentamiento con la policía. Tras estos tanteos iniciales la prueba de fuerza entre la muchedumbre y sus guardianes fue continuamente en aumento hasta llegar a un extremo en que se hizo previsible un desenlace virulento. Pero en el momento crucial, cuando el cruce de espadas era inevitable, el Consejo de Gobierno dio por perdida la partida ordenando la retirada de las fuerzas de seguridad. Rubén había ganado con inusitada facilidad.

Fue su noche de triunfo y la celebró poniendo de relieve una vez más su capacidad de magnetismo. Invocado durante horas por las calles la apoteosis de su liberación tuvo lugar en el Palacio de Justicia, rodeado por sus partidarios y, por fin, asaltado sin oposición. El Maestro, añadido el de mártir a sus demás atributos, reapareció con seguridad e improvisó con brillantez, declarando a los que lo aclamaban que una nueva época había comenzado. Sus oyentes se estimulaban con cánticos, reacios a abandonar el dominio de la calle. Consiguieron que la fiesta se prolongara durante toda la noche antes de que el amanecer echara sobre la multitud su manto disolvente.

El que, de acuerdo con palabras de Rubén, aquel día hubiera empezado una nueva época satisfizo a muchos, y no sólo entre sus partidarios más acérrimos sino también entre los que esperaban desde hacía tiempo que algo similar fuera anunciado. Amplios sectores de la población aguardaban un gran gesto y según todos los indicios ese gesto se había ya realizado. Aun desconociendo sus consecuencias el efecto pareció benéfico, provocando un clima de confianza desacostumbrado. Se supuso, de pronto, que la salvación de la ciudad estaba próxima. Todo ello contrastaba con la ausencia de decisiones. Tras su liberación, y desmintiendo los pronósticos, Rubén se encerró en un hermético silencio que le llevó a anular, por el plazo de una semana, sus alocuciones en la Academia y en la Plaza Central. El Maestro se excusó ante sus seguidores alegando que le era imprescindible un período de reflexión. A su vez el Consejo de Gobierno, aunque mantenía incólumes todas sus prerrogativas, se sentía lo suficientemente desautorizado como para no atreverse a ejercitar su poder. En estas condiciones, sin decretos y ni tan siquiera sugerencias, la ciudad se vio inmersa en una situación que no tenía precedentes.

No obstante, quienes aventuraron desórdenes se equivocaron. Hubo, por contra, a lo largo de aquella semana, la última de agosto, una calma total, como si el repentino vacío de poder fascinara de tal modo que nadie se atreviera a caminar por su cuenta. De otra parte, la sensación de alivio que se había apoderado de la población, y en la que se albergaba el inminente fin de la pesadilla, parecía haber inducido a una cierta relajación. Como quiera que fuera, el barco, sin timonel, surcaba, momentáneamente al menos, aguas tan plácidas que se tenía la impresión de que el mar se había detenido. Casi nadie se pronunciaba acerca de lo que ocurriría al instante siguiente.

En el círculo que rodeaba a Víctor Ribera únicamente Max Bertrán escapaba al contagio del mutismo. Aldrey se había desentendido de los sucesos, Samper participaba de ellos con excesivo entusiasmo y Blasi estaba al acecho para obtener ventajas de la cosecha. En cuanto a Arias, su negativa a expresar algún tipo de opinión quedaba justificada por el hecho de que se mostraba indeciso entre su desprecio por las autoridades y su repugnancia por Rubén, al que veía como un malsano producto del mundo del espectáculo. A diferencia de los demás, Max Bertrán consideraba que aquél era un terreno propicio para sus intereses de diletante. Aseguraba que su capacidad para comprender se acrecentaba en proporción directa al desconcierto que percibía a su alrededor. Por lo demás, ciertas o no estas secretas habilidades, era particularmente rápido para obtener las mejores fuentes de información y se apresuraba a sacar réditos de las inversiones que realizaba, en particular si éstas eran cenas en las que él, contra su costumbre, había invitado. Cuando habló con Ribera, Max Bertrán estaba orgulloso de los beneficios que le había reportado su cena con Félix Penalba, el censor.

—Por lo visto el Consejo de Gobierno estaba dividido entre los que querían utilizar a Rubén, proponiéndole concesiones, y los que querían hundirle definitivamente. Penalba era de los primeros. Ahora critica furiosamente a sus colegas por falta de tacto, lo cual no deja de ser una expresión divertida tratándose del encargado de la censura.

—¿Qué piensan hacer? —preguntó Víctor.

—Creo que no lo saben —contestó Bertrán con un deje de satisfacción—. Si no he entendido mal los que apoyaron el encarcelamiento de Rubén eran mayoría, pero no tenían en sus manos los principales resortes de poder. La policía no era suya ni, como es obvio, la censura. ¿Me comprendes? Esto explicaría la ridícula maniobra de hacer una demostración de fuerza y luego escurrir el bulto. El Consejo de Gobierno está hundido en una impotencia espantosa y alguno de sus miembros empieza a verlo como algo ventajoso.

—¿Penalba?

—Entre otros, supongo.

—Es difícil saber cómo puede sacar ventaja. Aunque, desde luego, todo es posible —alegó, dubitativo, Víctor.

—Tú lo has dicho —afirmó Bertrán, contento de poder explayarse sobre la doblez del censor—. De momento dice algo que resulta sospechoso en boca de un individuo como él: dice que la gente necesita nuevas ilusiones. Penalba no es tonto y cuando habla, aunque nunca diga la verdad, siempre intenta decir lo que le conviene. Incluso en privado, mientras yo le pago la cena. Naturalmente no le importa en absoluto eso de las nuevas ilusiones. La cosa es más sencilla: se ha dado cuenta de que el Consejo de Gobierno ya no tiene nada que ofrecer.

—¿Y él sí, además de la censura?

Max Bertrán miró a Víctor insinuando que aún no le había relatado lo más significativo de su conversación.

—En los postres se puso confidencial y me hizo una confesión. Vas a reírte: dijo que echaba a faltar una cierta mística para los tiempos que corren. Me quedé tan sorprendido que al principio no supe lo que en realidad quería decirme. ¡Qué diablos sabía Penalba de mística! Luego, lentamente, a medida que lo escuchaba, fui entendiendo. En el fondo para él mística significaba charlatanería. Ni más ni menos. Estoy seguro de que no cree en nada, fuera de sus ambiciones. Pero ha sopesado los pros y los contras y ha llegado a la conclusión de que el pueblo necesita ciertas drogas que los gobernantes hasta ahora no le han proporcionado. Me di cuenta enseguida de sus intenciones cuando se puso a elogiar a los charlatanes afirmando que eran hombres que se habían esforzado por mantener el ánimo de la población.

Bertrán siguió reproduciendo su diálogo con Penalba:

—Como no le tomaba en serio e insistía en llamarles charlatanes, Penalba se enfadó, o aparentó enfadarse. Me echó en cara mi escepticismo, alegando que tipos como yo eran los que contribuían a sembrar la pasividad. Si fuera por nosotros la ciudad ya no levantaría cabeza nunca más. Hizo teatro durante un buen rato mientras devoraba un pastel de queso.

Luego, más calmado, me soltó una larga perorata sobre sus creencias. Me habló de horóscopos y profecías con auténtico entusiasmo. Por fin, tras algún rodeo, se puso a alabar directamente a Rubén. Tenía casi todas las cualidades. Sólo le faltaba profesionalidad política. Era evidente que Penalba estaba meditando cómo suplir esa carencia.

Esta conversación sostenida por Max Bertrán fue lo primero que le vino a Víctor a la mente cuando a principios de septiembre se anunciaron notables cambios en la dirección de la ciudad. El Consejo de Gobierno había sufrido una profunda modificación, eliminando a algunos de sus miembros y fijándose como objetivo prioritario la erradicación del mal. Se difundió una declaración de principios, redactada en tonos belicosos, en la que se advertía que a partir de aquel instante las autoridades actuarían con la máxima dureza, sin excluir el procesamiento de los encubridores, fuera cual fuera su rango. El llamamiento final a los ciudadanos buscaba ratificar la solemnidad que la ocasión exigía. Sin embargo, esta declaración quizá habría pasado desapercibida, confundiéndose con otras precedentes que prometían igual energía, si no hubiera ido acompañada, como colofón, por un nombramiento excepcional: a Rubén, al que el texto oficial reconocía como el Maestro, le había sido concedido el cargo de consultor del Consejo.

La comunicación gubernativa no informaba sobre las atribuciones del nuevo consultor ni nadie supo, tras su lectura, el valor que podía otorgarse a un cargo que nunca había existido. Rubén tampoco hizo nada por aclararlo. A pesar de ello cuando éste, después del retiro que se había tomado, reapareció en público sus intervenciones reflejaron muy pronto un talante que excedía con mucho las meras funciones consultivas. Mantuvo, como antes, las sesiones de la Academia de Ciencias, pero delegó en sus ayudantes la supervisión de las concentraciones nocturnas de la Plaza Central. A cambio, dedicó mucho tiempo a entrevistas periodísticas y a alocuciones televisivas. Por un conducto u otro los ciudadanos estaban siempre sometidos a la presencia de Rubén.

A Salvador Blasi, como director del diario más influyente, le correspondió la iniciativa de presentarle como la figura oficial que ya era. Hasta entonces Rubén había tenido fuerza pero no legitimidad. Desde los cambios recientemente sancionados poseía una y otra, y esta combinación resultaba impresionante, en especial a los ojos de los periodistas, acostumbrados a ocupar la mayor parte de sus horas en averiguar quién detentaba la ley y quién el poder. Blasi, que siempre había presumido de una particular agudeza para tales averiguaciones, estaba encantado con la posibilidad de interrogar del modo más incisivo a Rubén. Trató de contratar a Víctor para que éste realizara el reportaje gráfico.

—Será una entrevista sin tapujos. La tengo

bien preparada. Veremos si escapa de mis redes. Hazlo. Será una oportunidad histórica. También para ti.

Víctor declinó la oferta, junto con la oportunidad histórica. Ya había visto a Rubén en acción y no le tentaba repetir la escena. Como observador pensó que podría limitarse a leer la entrevista. Ésta apareció en *El Progreso*, con un despliegue extraordinario. Cubría varias páginas del periódico. La precedía una presentación del personaje escrita en un estilo acentuadamente apologético, en la que se le encumbraba al rango de salvador de la ciudad. Se deducía en ella que la aparición del Maestro era un auténtico regalo de la fortuna dado las circunstancias adversas que se estaban viviendo. El destino se había mostrado generoso proponiendo al hombre adecuado en el momento justo. Tras tales elogios Víctor buscó en vano mayores precisiones sobre la identidad de Rubén hasta que, por fin, tuvo que rendirse ante la evidencia de que el texto que estaba leyendo era tan vago como el discurso que le había oído a aquél. En uno y otro brillaba lo accesorio, y este brillo disimulaba la total oscuridad que rodeaba a lo esencial.

La entrevista corroboraba detalladamente esta confluencia. Las preguntas de Blasi eran plataformas idóneas para los quiebros de Rubén, de manera que el rumbo de la conversación se orientara hacia el terreno que a éste le resultara propicio. De vez en cuando se producía algún escarceo, siempre soslayado con rapidez. En general, sin embargo, interrogantes y respuestas encajaban a la perfección, como si se tratara de dos voces distintas para un solo monólogo. Esta impresión era más acentuada a medida que se avanzaba en la entrevista, con la peculiaridad de que las intervenciones de Blasi se hacían paulatinamente más breves y las de Rubén más amplias. El Maestro, al extenderse en sus contestaciones, daba rienda suelta a sus largos juegos verbales, hablando del amor a la verdad, de la fraternidad entre los hombres o de las señales del cielo que guiaban su actividad. Sometida como estaba la ciudad al combate entre el mal y el bien no dudaba en colocarse a la cabeza de este último. Como había sucedido con todas las demás, Salvador Blasi también compartía esta opinión.

Víctor abandonó la lectura de la entrevista antes de llegar al final. Sentía hastío. Pensó en salir de casa para emprender una de sus cotidianas expediciones como observador pero un brusco rebrote del cansancio se lo impidió. Le causaba náuseas la sola idea de caminar por las calles para tomar, de nuevo, un baño de absurdo. El roce continuo del absurdo debilitaba más que cualquier agotamiento físico, por abrumador que éste fuera. Ya no encontraba en él ninguna ficción liberadora.

Se echó en la cama, decidido a no dejarla el resto del día, y agradeció el calor húmedo, casi sólido, que amenazaba con embotarle el cerebro. Tendido boca arriba, en completa inmovilidad, el cansancio producía una sensación agradable. En esta posición se difuminaba el presente al tiempo en que iba ensanchándose la onda expansiva de los pensamientos. Como una bandada dispersa acudían hasta él ideas que revoloteaban en su interior antes de marcharse por caminos inconcretos. Una de ellas se posó al fin con la misma gratuidad con que las otras habían escapado. La reconocía aunque había olvidado ya su procedencia. Su irrupción era plástica: veía muchedumbres que acudían desde diversos ángulos para reunirse en una gran explanada. Los grupos eran familiares. Mujeres, que caminaban tomando de la mano a sus hijos, hombres adultos, adolescentes, viejos, cubiertos todos con vestidos de colores chillones. Su andar era tan inexpresivo como sus rostros, en un alarde de uniformidad que acababa desdibujando las siluetas individuales. Mientras confluían en la explanada la escena se ampliaba dejando entrever, en los bordes, la presencia de magníficas pirámides truncadas y, más allá de éstas, una vegetación exuberante que circundaba el conjunto. Muchos de los recién llegados se encaramaban por las pirámides, desparramándose ordenadamente por su superficie escalonada. El resto permanecía abajo, en la enorme plaza polvorienta, con la actitud de aguardar una señal. Finalmente ocupado todo el espacio, cesó la afluencia de multitudes. Entonces, ejecutando un movimiento simultáneo, todos los reunidos se sentaron en el suelo.

Acto seguido el sol tomó el mando de la visión. Un sol blanco, de tamaño mayor al acostumbrado, enseñoreándose del centro del cielo en un mediodía permanente que transgredía el curso de las horas y negaba las noches. Así continuó durante días y semanas, decidido a continuar eternamente. Nadie hacía ademán de marcharse. Nadie ofrecía resistencia. El sol devoraba a sus víctimas entre un silencio total. No hubo lamentos ante el incesante goteo de muertes. Los sacrificados morían disciplinadamente, sin objeción alguna al sacrificio. No se retiraban tampoco los cadáveres que yacían alrededor de los supervivientes. El sol se agrandaba cada vez más, amenazando con cubrir el cielo entero, mientras su calor, como fuego lechoso, secaba la vida.

La idea, todavía visual, trasladó a Víctor a otros escenarios y, como en un carrusel, divisó un vértigo de sacrificios. Animales anfibios para los que no tenía nombre que iban a morir en pendientes arenosas, pájaros que se precipitaban contra la pared vertical de una montaña, plantas que habiendo exudado toda su savia se marchitaban sin dilación: escenarios de una naturaleza determinada a la muerte abandonándose a la laxitud de sus ceremonias terminales. En cualquiera de los casos el sol blanco presidía como un sacerdote impasible. El carrusel, de pronto, se detuvo. Aún durante un instante pudo ver, en rápido retazo, la explanada y sus pirámides, coloreadas por la masa de cadáveres. Pero esta visión fue rápidamente sustituida por otra en la que aparecía con nitidez la ciudad, si bien, al principio, como si estuviera superpuesta al paisaje anterior. Bajo la lámina transparente se adivinaba la selva y, en su corazón, el holocausto voluntario. Luego, desaparecidas las sombras, la imagen se hacía completamente clara. La ciudad estaba disecada, en un intachable estado de conservación pero sin indicio alguno de vida, y el sol blanco, que había usurpado ya todo su cielo, la iluminaba con una extraordinaria intensidad.

El sol blanco sobre la ciudad blanca: los contornos se desvanecían y las imágenes se rompían en los arrecifes del pensamiento. El despliegue de la idea dejaba atrás las visiones afianzándose en el suelo las palabras. A Víctor, cegado, le hablaba una voz remota que en su vuelo parecía capturar otras voces. Alguien desde un lugar desconocido sabía, con rara precisión, lo que a él le resultaba confuso. Esto le atraía de tal modo que concentraba toda su atención. Empero, no le llegaba el contenido de su voz sino únicamente resonancias. Estuvo luchando por entender, sin que sus esfuerzos tuvieran recompensa, hasta que se vio obligado a renunciar sumiéndose en la pasividad. Permaneció con la mente vacía durante un buen rato. Era una situación apacible que deseaba que se prolongara. Pero fue interrumpido, de nuevo, por la voz. Esta vez era comprensible. Se refería a lo que había observado, previamente, en las imágenes: la existencia, cuando percibía el cansancio de sí misma, se lanzaba voluntariamente a la muerte. Esta vez la voz era demasiado comprensible. Hablaba de mundos que se entregaban a su ocaso. De hombres que, desde lo alto de pirámides, aguardaban su extinción, de animales anfibios ahogándose lentamente, de pájaros que se destrozaban contra rocas. Y la ciudad, de creerla, pertenecía ya a estos mundos.

XII

Ángela había hecho grandes avances en su trabajo. Los márgenes del cuadro, la parte más deteriorada, estaban completamente restaurados y los colores de la tierra y del infierno, vivos unos, tenebrosos los otros, aparecían en su esplendor original. Faltaba ahora por reparar pequeños fragmentos de la pintura, los más delicados sin embargo porque concernían a las figuras. Por fortuna, las principales, Orfeo y Eurídice, se hallaban en buen estado. No así las de algunos condenados o la de Cerbero, el perro guardián del infierno, que estaban amenazadas por minúsculas redes de resquebrajaduras. También la rueda de fuego de la que tiraban los prisioneros estaba afectada por una mancha de humedad. Ángela calculaba que aún le serían necesarios tres o cuatro meses para ultimar su labor.

Una noche, después de cenar, le contó a Víctor que aquella tarde, contra sus hábitos, había hecho la siesta y que, en el transcurso de ésta, había tenido un sueño del que no sabía qué pensar.

—Yo estaba en el estudio, creo que sola. De pronto levantaba los ojos y me daba cuenta de que el cuadro ya estaba totalmente restaurado. No estoy segura de que fuera con exactitud el mismo cuadro. Es posible que fuera todavía más grande y de tonos más brillantes. Si no estoy equivocada también había más gente, particularmente en la parte superior donde, en el real, no hay nadie. Yo me sentía aliviada y satisfecha por haberlo terminado y miraba una y otra vez para comprobar que todo estaba en su sitio.

Ángela, sin apercibirse, describía con gestos lo que había sucedido en el sueño, señalando puntos invisibles en el aire.

—Después salía del estudio. En el exterior había una luz extraordinaria, tanta que echaba de menos mis gafas de sol. Pero no las llevaba encima. Al principio me dolían los ojos y me los cubría con la mano. Luego me fui acostumbrando hasta que la luminosidad se me hizo más agradable. Caminaba por una ciudad atiborrada de gente. Era una ciudad oriental, o ésta era la impresión que me daba, con muchos vendedores callejeros que corrían de un lado a otro con sus mercancías. Todo el rato sonaba una música de fondo. Una música muy grave, como sacada de una tuba. Recuerdo que me decía a mí misma que aquello era un sonido de tuba, pero lo que inmediatamente veía era un hombre que soplaba una gran caracola de mar desde lo alto de una muralla.

—¿Habías estado antes en esa ciudad? —le interrumpió Víctor.

—No. Te diré que incluso en el sueño me esforzaba por tratar de averiguarlo aunque ya entonces sabía que nunca la había visto. Además hubo un cambio repentino. Crucé las puertas de la muralla y la ciudad dejó de importarme. La luz seguía siendo fuerte pero lo que tenía por delante ahora eran grandes extensiones de campos y bosques. Recuerdo trigales que brillaban muchísimo, como si estuvieran ardiendo. De modo especial recuerdo el sonido que hacían. A mí me pareció que un coro estaba cantando. Era una sensación muy placentera. Difícil de explicártelo: sabía, por un lado, que era el sonido del viento al chocar con las espigas pero, por otro, era un coro de voces humanas. Para mí eran las dos cosas al mismo tiempo. Me sentía muy a gusto caminando entre los campos cuando ocurrió lo más extraño.

Ángela aplazó por unos instantes su relato con lo que, automáticamente, consiguió que Víctor le apremiara a seguir. Como buena narradora de historias sabía colocar las pausas oportunas.

—Vamos, cuenta —insistió Víctor que ya conocía, por experiencia, la habilidad de Ángela para recrear, con sumo detalle, algunos de sus sueños.

—Es un poco confuso —explicó Ángela—. En el camino me topé con alguien que venía en dirección contraria. Creo que no me asusté en absoluto pues tenía una apariencia muy tranquilizadora. Era un hombre mayor elegantemente vestido, aunque me acuerdo sobre todo del sombrero de fieltro con que se cubría la cabeza. No hablamos pero, a una indicación suya, empecé a seguirle. Sin saber cómo me encontré de nuevo en mi estudio. El hombre estaba examinando el cuadro y yo estaba sentada en la mecedora contemplándole a él. Pienso que estaba ansiosa por saber su juicio. Se volvió hacia mí haciéndome un gesto para que me acercara. Entonces, horrorizada, veía que una delgada grieta había partido el cuadro en dos.

Se concedió una nueva pausa. Su expresión reflejaba la misma ansiedad que describía.

—Me desperté varias veces y cada vez que me dormía de nuevo pasaba lo mismo, aunque todo era mucho más rápido. Arreglaba la grieta, no sé cómo. Luego salía del estudio, caminaba por la ciudad y los campos hasta que encontraba al hombre del sombrero de fieltro. Repetíamos la operación, y cada vez, la grieta reaparecía. Cuando por fin me desperté del todo lo primero que hice, como puedes imaginarte, fue correr hacia el cuadro. Menos mal que todo me pareció en orden.

—No es nada raro que tengas sueños de este tipo después de dedicar tantas horas al cuadro —le comentó Víctor, calmándola—. Sé lo que te importa pero tal vez deberías tomarte un descanso.

Ángela no quiso oír hablar del asunto. Alegó que aquel trabajo era decisivo para ella y que, además, faltaba poco para el final. Inmediatamente volvió al sueño para añadir algo que antes había omitido.

—El que hubiera una grieta me disgustaba mucho pero lo más preocupante era ver dónde se encontraba.

Víctor guardó silencio preguntando sólo con los ojos.

—Es lo que me quedó más grabado de todo el sueño. Era una grieta horizontal, casi recta, que iba de un lado a otro del cuadro. Había salido justo encima de la cabeza de Orfeo, de manera que daba la impresión de cortar su acceso a la superficie de la tierra. Era como si se hubieran ampliado los límites del infierno. Por culpa de la grieta la salvación de Orfeo y Eurídice se había hecho imposible.

Era bastante obvio que Ángela se consideraba implicada personalmente en toda la historia y que las vicisitudes del cuadro, aunque soñadas, eran ya, en buena medida, las suyas propias. Víctor que, por mediación de ella, había asimismo rozado identificaciones similares, se hallaba más a resguardo, aunque sólo fuera por el hecho de que no convivía con la historia con la misma persistencia e intensidad con que lo hacía Ángela. Por eso, a pesar de estar acostumbrado, desde hacía ya algún tiempo, a la cotidianeidad de Orfeo, contrapunto en el que ambos se apoyaban frente al mundo externo, no dejó de asombrarle la atención exagerada, casi obsesiva, que prestaba a lo que había sucedido durante su sueño. Ángela vino a ratificarle en este asombro cuando después de cenar le pidió que la acompañara hasta el estudio para confirmar, otra vez, que la pintura no había sufrido ningún daño.

Aparte de los desperfectos conocidos Víctor no halló rastros de nuevos desperfectos ni, por supuesto, de una grieta tal como la descrita por Ángela. Trató de imaginarse esa grieta. Era sencillo hacerlo. Incluso pensó que, en adelante, le sería difícil observar el cuadro sin imaginar, al mismo tiempo, la grieta. Miró fijamente a Orfeo y, como siempre que lo hacía, sintió que éste le traspasaba toda la responsabilidad. En consecuencia, la salvación de Orfeo estaba en sus manos, deducción que le parecía insensata aunque simétricamente vinculada a otra, más razonable a sus ojos, que le mostraba su propia salvación en las de Orfeo.

Entretanto la ciudad quedó inmersa de lleno en lo que por sus altas instancias fue denominado Campaña de Purificación. Fue éste un nuevo paso hacia lo desconocido, si bien, como los que se habían emprendido anteriormente, con la apariencia de representar una réplica adecuada al prolongado extravío. Se repetía así la conducta que venía siendo habitual desde la declaración de provisionalidad, sometida a contradictorias fluctuaciones pero nutriéndose siempre de inesperados alimentos de redención. La paulatina adhesión al estado de provisionalidad, que había acabado por sancionarlo como el único estado posible, hizo que la población detestara con todas sus fuerzas los consejos dubitativos y, por contra, adoptara como propias las propuestas que irradiaban firmeza. Cada una de estas propuestas se tenía por eficaz mientras respondiera a la demanda de soluciones inmediatas sin que, por lo general, se considerara oportuno calibrar a través de qué medios éstas llegarían. La furia para buscar el remedio hacía ociosa la reflexión sobre el procedimiento que conduciría a obtenerlo.

Abonada de tal modo la conciencia de la ciudad, los cambios acaecidos a finales de agosto, con la variación del Consejo de Gobierno y la inclusión del polifacético Rubén en la esfera del poder, sirvieron de acicate para estímulos que en gran modo ya habían despertado en la población. Las acciones que desde aquel momento se emprendieron hubieran escandalizado, con toda probabilidad, sólo un año antes. Pero no así entonces cuando era en la forja de lo excepcional donde se moldeaba el comportamiento de los hombres, conformándolo según miedos insuperables y reacciones desmedidas. Nada de lo que ocurriera en esta forja era condenable con tal que el herrero trabajara en el hierro candente de la salvación.

Por ello fueron aplaudidas sin reservas todas las decisiones coactivas del Consejo de Gobierno que procedió a intensificar, todavía más, el control policíaco de las calles, con el argumento de que había que poner cerco armado al mal. El diagnóstico de crimen sustituyó naturalmente al de enfermedad, sin que esto suscitara reservas en una mayoría de ciudadanos que ya por su cuenta había llegado a una conclusión similar. Todos atribuyeron, sin embargo, al consultor del Consejo, Rubén, la iniciativa de que aquel cerco se extendiera a facetas más amplias de la vida comunitaria con el fin de purificar la ciudad. Fuera como fuese, la Campaña de Purificación, difundida como un instrumento imprescindible para el éxito final, se aplicó con el tesón de un exorcizador que conjurara a un cuerpo poseído.

Antes que nada se reclamó a ese cuerpo que expulsara los organismos nocivos que lo corrompían. Ya no se aceptarían en adelante, según se proclamó, actitudes tibias que minaran el ánimo de la población. Todos los portadores del mal debían ser denunciados de inmediato. Dado que previamente la información sobre los exánimes había estado rodeada de secreto, propiciando un permanente equívoco, se optó por hacer públicos todos los nuevos casos que fueran presentándose. El anonimato era definitivamente pernicioso. Para combatirlo dispusiéronse regulares sesiones de información, celebradas en la inactiva sede del Senado, en las que cualquier ciudadano podía explicar públicamente los datos que poseía. El éxito de estas reuniones delatorias fue tan contundente que muy pronto se pensó en trasladarlas al recinto mucho más amplio del Palacio de Deportes, también inactivo desde que se habían interrumpido, a principios de año, las competiciones.

En los días más ajetreados las gradas del Palacio de Deportes estaban llenas de un público impaciente por escuchar las denuncias. Normalmente los denunciantes eran vecinos o compañeros de trabajo que exponían sus sospechas sobre determinados individuos cuyas conductas se tenían por anómalas. La comisión de expertos, que había sido remozada para este fin, ejercía de tribunal que deliberaba ante los espectadores y sopesaba los argumentos que podían convertir al sospechoso en convicto. Si este paso era aprobado se requería, en plena sesión, a la policía para que procediera a la detención del culpable. Las deliberaciones del tribunal eran seguidas con gran expectación cruzándose, en ocasiones, apuestas sobre cuál sería su dictamen. Mucho más esperadas, sin embargo, eran aquellas intervenciones en que el delator era familiar directo del delatado. Se apreciaba con mayor énfasis en estos casos el servicio realizado, por cuanto se anteponía el bien común a los vínculos íntimos y, con pocas excepciones, se resolvía rápidamente la causa condenando al implicado. Los asistentes suponían que, de este modo, salían a flote las partes purulentas que infectaban el cuerpo.

Con todo, para que esta tarea de limpieza fuera lo eficaz que era deseable, pareció conveniente descartar a los indecisos, término despectivo usado con profusión que señalaba a aquellos que se apartaban del punto de vista tenido por unánime. No eran pocos pero estaban desperdigados en sus solitarios enclaves de manera que sus opiniones, expresadas por lo común en conversaciones privadas, apenas tenían relevancia en el sentir colectivo. El hecho mismo de que no fuera su certeza, sino sus dudas, lo que los agrupaba, los convertía en un blanco vulnerable frente a los que profesaban expeditivas convicciones sobre cuál era el camino mejor. Los indecisos, sin camino que ofrecer, se veían obligados a aplazar, día tras día, su toma de posición, refugiándose en débiles trincheras que, como ocurrió, podían ser asaltadas fácilmente. Todos aquellos que vacilaban ante el rumbo que había sido fijado fueron separados de sus tareas de responsabilidad. La lucha contra el mal exigía fe.

Y al incremento de la fe, precisamente, se dirigía toda la campaña purificadora auspiciada por el Consejo de Gobierno. A este respecto prevalecieron los métodos que ya con anterioridad Rubén había experimentado con notable fortuna. No era ningún secreto que éste era partidario de mantener permanentemente tenso el espíritu de la población mediante constantes demostraciones colectivas pues, a su juicio, el aislamiento de los ciudadanos, era, tal como se había comprobado, perjudicial. Los nuevos estrategas, en consecuencia, procuraron excitar el sentido comunitario organizando actividades que mantuvieran incesantemente llenas las calles. Durante el día se sucedían las reuniones públicas en los barrios mientras que para las marchas nocturnas los participantes, siempre con antorchas encendidas, acudían desde todas partes hacia el centro de la ciudad. Entre unas y otras, el antiguo local de la Academia de Ciencias, donde Rubén acudía puntualmente cada tarde, parecía haberse convertido en un auténtico centro de peregrinación.

A expensas de este impulso, asumido con escasas reservas, la ciudad vivió escenas que sus moradores nunca hubieran imaginado, hasta llegar a un punto en que lo inimaginable, por la fuerza misma de los hechos, tuvo que asociarse con lo cotidiano. A la sombra de los grandes discursos, en los que se vertían las directrices oficiales, florecieron multitud de pequeños discursos cuyo valor muchas veces se hallaba en relación directa con su extravagancia. Se agradecían, por encima de todo, las sorpresas, como si súbitamente se hubiera propagado entre la gente un irreprimible deseo de asombro. No faltaron, desde el principio, los que se prestaron a satisfacerlo. Con las calles atestadas de muchedumbres dispuestas a encenderse cualquier chispa era bienvenida y prendía con facilidad.

Reaparecieron los predicadores y los videntes, con la diferencia de que ahora, abandonadas sus madrigueras, debían pugnar en la plaza pública con nutridas filas de competidores. A los saltimbanquis del espíritu se les exigía la pericia suficiente para embelesar a sus espectadores y de acuerdo con esta exigencia las arengas se convertían en hechizos, y los hechizos en milagros. Nada se anhelaba tanto como los milagros y, aun cuando se tenía la convicción de que los había con generosidad, muy pronto no se permitió, fuera de ellos, ninguna otra alternativa. No bastaban ya las hermosas palabras y las fórmulas seductoras: la borrachera de milagros hacía aparecer despreciables las demás bebidas. Cuando fallaban los suministradores de la droga, con argumentos poco convincentes o promesas demasiado reiterativas, la frustración de los consumidores se volvía peligrosa. Eso condujo a múltiples brotes de violencia contra los supuestos estafadores. Los más ansiosos, no obstante, recurrían a otras fuentes mágicas y así no era inhabitual asistir, sobre todo en las cada vez más turbulentas marchas nocturnas, a extrañas ceremonias en las que algunos grupos proclamaban la presencia de poderosos sortilegios. El gran remolino sacaba a la luz los sueños sumergidos y era propenso, por igual, a los ídolos y a los adoradores.

Obedeciendo a sus sacudidas la ciudad arrancaba del fondo de su corazón jirones prohibidos. Aquello que con anterioridad, en los largos años de la calma, ni siquiera hubiera sido pensado ahora se realizaba sin tapujos, como si bajo el efecto del giro vertiginoso la conciencia succionara los restos del naufragio que hasta entonces había cuidadosamente ocultado. El remolino hacía aparecer en la superficie motivaciones y conductas que se suponían enterradas en remotas cárceles morales. Y en este brusco retroceso por las simas del tiempo lo mismo podía asistirse al derribo de tabúes ancestrales que a la instauración de oscuros cultos cuyo origen era imposible desentrañar. Rota toda contención pareció que los yacimientos vedados adquirían continuamente mayor profundidad. Allí se encontraban los tesoros. La exigencia de milagros y el amor por lo sorprendente hacía superfluo preguntarse por la legitimidad de tales tesoros.

La aceptación de tales presupuestos, que nadie se preocupaba en negar, condujo sin transición al roce con lo temerario. Para preservar la continua presencia de la multitud era imprescindible atraer su atención, pero aquélla, segura en su protagonismo y voraz en su apetito, devoraba con demasiada rapidez sus alimentos. Lo que el día anterior todavía le excitaba era probable que al día siguiente dejara de hacerlo. A medida en que se volvía más insaciable demandaba nuevas sorpresas, a medida en que se hacía más refinada pedía mayor crueldad. Esto se puso particularmente de relieve en una de las manifestaciones que, con el paso de los días, se impuso como espectáculo habitual durante la Campaña de Purificación: los juegos de riesgo. Es cierto que empezaron como entretenimientos en los que distintos participantes mostraban sus habilidades. La muchedumbre jaleaba a los acróbatas callejeros que con sus contorsiones aligeraban el espeso vaho de los magos. Unos y otros trabajaban con milagros, respetándose los respectivos cometidos. No tardó, sin embargo, en obrarse una rara transformación, sólo explicable por el clima enfebrecido de aquellos días, por la que el acróbata absorbió en cierto modo la función del mago, atribuyéndose a sus éxitos o fracasos dimensiones casi sobrenaturales. Quizá ello resultaba la consecuencia de preferir la visión directa, carnal, del prodigio a la más indirecta, simplemente verbal, contenida en las palabras de los invocadores. Como quiera que fuera, a partir de esta elevación del objetivo del acróbata, los juegos de riesgo se sumieron en una carrera hacia la temeridad para la que no se entreveía límite. Las plazas se disputaban la presencia de funámbulos y equilibristas a los que se reclamaba ejercicios suicidas. Cada día se ideaban nuevas competiciones para poner a prueba la suerte de todo tipo de saltadores, trapecistas o volatineros, y cada día nuevos competidores, muchachos muy jóvenes la mayoría, eran entregados al vacío bajo la advocación de un triunfo inútil. Convertidas las calles en un inmenso circo de la muerte la menor señal era considerada el preludio del gran milagro que todos esperaban.

Tras permanecer encharcada en su atolladero la ciudad había emprendido una huida hacia adelante que llenaba de estupefacción a los que no participaban de ella. Ninguno, entre éstos, comprendía el significado de lo que estaba ocurriendo y, todavía menos, la meta hacia la que se marchaba. Era ocioso, de otra parte, tratar de contabilizar a los divergentes. No se sabía si eran muchos o pocos, y lo único seguro era que su número apenas importaba ante el empuje de una corriente que todo lo arrasaba a su paso. Se cumplían de este modo las previsiones de una ley que ningún legislador había suscrito pero que la experiencia, una vez más, confirmaba, según la cual, en un marco de convulsión generalizada, la población acataba, en detrimento de las demás, exclusivamente una tendencia. En tales circunstancias se quebraba el equilibrio de factores opuestos, liberándose la energía colectiva en una sola dirección. Era inútil, por tanto, apelar a la existencia de opiniones contrarias pues, aunque reales, sucumbían naturalmente bajo el peso de la fuerza fundamental. No todos, a bordo del buque, suscribían la ruta que se estaba siguiendo, pero esto carecía de importancia cuando se había impuesto la certeza de que el mapa no contemplaba ninguna otra ruta alternativa.

Si se daba una paradoja ésta no afectaba tanto al comportamiento de la población, fiel a las veleidades de su instinto, cuanto al de las autoridades ciudadanas, defensoras de un orden estricto y, al mismo tiempo, complacientes ante el caos que se iba adueñando de la calle. No había duda de que, pese a los peligros que acarreaba, era una paradoja voluntaria mediante la cual el Consejo de Gobierno pretendía en todo momento conservar la iniciativa, removiendo las aguas turbias del descontento sin olvidar, por ello, el constante apuntalamiento de los diques. Su estrategia, con respecto a los meses precedentes, había variado por completo: desechado el recurso al camuflaje, por el que se preservaba una imagen de normalidad, se había optado por ensanchar el círculo del mal, llamando a los ciudadanos a contemplar, en él, su posible perdición. Así, sin ningún pudor ya, se acumulaban diariamente las cifras de los nuevos infestados, haciendo que corrieran, también diariamente, regueros de indignación. En este estado de cosas era difícil dilucidar cuánto tiempo más podría soportar la ciudad la presión a la que estaba sometida. Los plazos parecían abreviarse velozmente. Pero esto, según podía deducirse, formaba asimismo parte de la estrategia.

Entre los tibios, acusados de no comprender las nuevas orientaciones, y consecuentemente de actuar con escasa determinación, se hallaba el doctor Aldrey. Él, junto a varios de sus colegas, fue apartado de sus funciones en plena Campaña de Purificación cuando se tomó al Hospital General, quizá por ser el más conocido, como el primero en el que experimentar los métodos recién instaurados. Tras estas destituciones el pabellón psiquiátrico del hospital quedó bajo la responsabilidad de inspectores expresamente nombrados para desempeñar este cargo. En los días inmediatos también los otros hospitales y centros de acogida en los que se hacinaban los exánimes sufrieron medidas similares. Las salas fueron selladas y se interrumpieron los escasos tratamientos médicos que todavía se intentaban, de modo que una cortina de silencio envolviera definitivamente a los recluidos. En adelante la enfermedad, al menos en cuanto a calificación, quedaba excluida del vocabulario. Sólo se hablaba, y obsesivamente, de mal.

Víctor Ribera se encontró en el París-Berlín con David Aldrey pocos días después de que éste hubiera sido cesado. Estaba irreconocible. Su tono, antes pausado, había desaparecido y parecía presa de una constante agitación nerviosa que se manifestaba incluso en la conversación. Apenas acababa las frases empezadas y, cuando lo hacía, quedaba sumido en un aire ausente que dificultaba enormemente el diálogo. Con todo a Víctor le causó aun mayor impresión el cambio acaecido en su físico. Lo venía comprobando desde hacía tiempo pero nunca con tanta evidencia. En cada una de sus sucesivas citas, a la manera de peldaños que conducían a un deterioro prematuro, David se había mostrado cada vez más envejecido. Víctor lo atribuía a la tensión que soportaba. Ahora, sin embargo, el proceso había llegado a un punto alarmante. Su palidez era cadavérica, una caricatura patética de lo que era su cara tan sólo hacía un año. Observándolo Víctor se hizo una conjetura: su expresión se había ido desgastando al mismo ritmo en que crecía su impotencia. Era la huella, brutalmente grabada, de una lucha perdida en la que el derecho a comprender, tenido por irrenunciable, había sido pisoteado sin paliativos. Esto era, en efecto, lo que más le había afectado.

—Puedes creerme si te digo que no me han quedado ganas para nada. Me siento un impostor. Todos estos meses he fingido que podía llegar a entender lo que pasaba. Era una mentira y yo lo sabía. No hay nada que entender. Lo peor es que tampoco antes había nada que entender y por lo tanto pienso que ya era un farsante. Lo que me ha sucedido durante este tiempo ha servido para confirmarlo. Años y años fingiendo, diciéndome que curaba a éste y al otro. Todo por vanidad.

El edificio que Aldrey había construido alrededor suyo se estaba derrumbando. Fallaban los cimientos y, con ellos, cedía la entera estructura. Víctor quiso disuadirlo pero su protesta fue débil. Le faltaba esta vez convicción para devolver a su amigo una fuerza que ya no existía. Era inútil tratar de apartar a David de una culpabilidad inexistente pues, de inmediato, se dio cuenta de que precisamente una culpabilidad de este tipo era la única que no se podía arrancar. Aldrey dictaba sentencia contra sí mismo:

—Ellos tienen razón. No sé qué es lo que van a hacer pero han hecho bien en desprenderse de obstáculos como yo. No servía, y estaban en lo cierto. Imagino que ahora todo se solucionará. Aunque, la verdad, para mí ya es demasiado tarde.

A partir de aquel día David Aldrey vivió a expensas de esta afirmación. Su vida languidecía imparablemente como si cada uno de sus minutos encajara en ella demasiado tarde. De otra parte no era un hombre acostumbrado a la ociosidad y nunca se había enfrentado a prolongadas jornadas cuyo contenido debía ser improvisado sobre la marcha. Estaba disciplinado por su trabajo, y al quebrantarse esta disciplina sus coordenadas se tambalearon, mostrándole un territorio súbitamente estéril. Víctor trató de ayudarle, invitándole a recuperar aquella mutua dedicación de tiempos ya lejanos. No tenía demasiada confianza en esta propuesta, dado el estado anímico en que se encontraba su amigo, y se sorprendió agradablemente de la predisposición de éste.

—Cuenta conmigo, desde luego. Me encantará y, además, todas las horas de mi agenda están libres.

Durante varios días se empeñaron en cumplir este propósito. Se encontraban en bares, daban largos paseos y, de vez en cuando, acudían a los cines semivacíos para ver viejas películas. Sin embargo, el estado de ánimo de David Aldrey dificultaba la fluidez de estos momentos. A menudo callado cuando hablaba quería sortear a toda costa la situación de la ciudad y la suya propia. Se empeñaba en identificarse con un individuo que en cierto modo hubiera nacido de repente, aunque ya viejo, al que le faltaba la noción de las cosas que le rodeaban. Y así reaccionaba tanto como alguien cansado de saber cuanto como un recién llegado al que asombraban los detalles más nimios. David nunca había sido un hombre afectado y Víctor no dudaba de la sinceridad de sus reacciones pero, al mismo tiempo, no lograba evitar una creciente reserva ante ellas. Sus tardes compartidas fueron decayendo en intensidad hasta que ambos, tanteándose mutuamente con delicadeza, decidieron retornar a las periódicas citas en el París-Berlín.

—Creo que ningún restaurante ha tenido comensales tan fieles como nosotros —bromeó David cuando se despidieron.

Pero también los almuerzos de los miércoles en el París-Berlín, que habían mantenido a lo largo de tantos años, tropezaron con barreras insalvables. Víctor quería respetar la decisión de su compañero de mesa, evitando toda referencia a la actualidad. Sin embargo, los viajes al pasado, cuando el presente estaba vedado, se asemejaban a redes lanzadas al mar desde una barca vacía: era inútil que la pesca fuera abundante si nadie la reclamaba para sí. Los recuerdos del pasado se convertían en triviales excusas para amortiguar el mutismo. David, por su parte, iba bloqueando todas las puertas que facilitaban el acceso a su interior y de un modo cada vez más evidente pretendía que éste permaneciera herméticamente cerrado. Fue él, finalmente, quien propuso dar término, de manera transitoria, a aquellas citas, alegando que, para reanudarlas, antes prefería recuperarse. Cuando, contra su costumbre, se abrazaron al salir del restaurante Víctor sintió una indefinible tristeza. Luego, viendo a David marcharse, envejecido y ligeramente encorvado, supuso que aquella separación sería definitiva.

Víctor Ribera ya no habló más con David Aldrey. Transcurridas unas semanas tras su última cita en el París-Berlín telefoneó a su casa pero su amigo no se puso al aparato. Una voz femenina le dijo amablemente que su marido estaba indispuesto y no se encontraba en condiciones de levantarse. Llamó otras veces, contestándole la misma voz y, en ocasiones, otra, adolescente, que daba la misma respuesta. En todos los casos David le mandaba saludos a través de su mujer y su hijo.

XIII

Todo se hizo con un sigilo impecable y una mañana de principios de noviembre se anunció que el mal había sido eliminado. Los periódicos lanzaron ediciones extraordinarias, las emisoras de radio y televisión dedicaron programas especiales a la gran noticia, y las campanas repicaron desde las torres de los templos. Durante el resto del día hubo numerosas declaraciones en las que los políticos competían con los expertos en la difusión del acontecimiento. A pesar de ello fue necesario vencer la inicial incredulidad de una población que se mostraba desconcertada ante la buena nueva. La muchedumbre reunida, como hacía a diario, en las calles céntricas vacilaba con respecto a cuál había de ser su conducta. La excesiva nitidez de las informaciones constituía una fuente de equívocos entre quienes se habían acostumbrado a vivir en la continua contradicción. Surgieron voces que denunciaban engaños y otras que reclamaban la continuidad de las concentraciones callejeras. Se hacía difícil creer que la pesadilla hubiera terminado.

Ni siquiera las reiteradas intervenciones de Rubén lograron apaciguar a la multitud. El Maestro proclamó que el mal había sido vencido, pero sus palabras resultaron para los espectadores menos convincentes que cuando proclamaba la exigencia de vencerlo. Entonces, atendiendo a las arengas de numerosos agitadores, se organizaron marchas hacia los hospitales y los centros de acogida, lo cual originó altercados con las fuerzas de seguridad que los custodiaban. Por fin, tras múltiples refriegas, éstas fueron retiradas y la riada humana penetró en los espacios prohibidos. No había rastro de los exánimes. Los invasores se encontraron, en todos los casos, con salas vacías. En ellas no quedaba ninguna señal de que hubieran albergado durante tanto tiempo a los internados. Las paredes desnudas estaban impregnadas de un olor áspero de fumigación que acrecentaba su aspecto desolado. La agresividad de los intrusos fue disminuyendo a medida en que se repetía la misma escena. Extraviada ante la falta de enemigos la multitud se iba deshilachando al contacto con las gélidas estancias que se veía obligada a atravesar. Únicamente los más tenaces se empeñaban en continuar la expedición. La mayoría, sin embargo, la abandonó para regresar a sus casas. Al llegar la medianoche algunos grupos se estacionaron en la Plaza Central con la esperanza de reanudar los hábitos que, con tanto fervor, se habían seguido hasta el día anterior. Enseguida se comprobó, no obstante, que los estímulos habían desaparecido y, al poco, desperdigados los más obstinados, la plaza se vació por completo. La pesadilla había realmente terminado.

Las especulaciones acerca de la suerte que habían corrido los exánimes duraron pocos días, los suficientes para que se consolidara el sentimiento de que era mejor desechar tales especulaciones. Se dieron en este breve período de tiempo varias versiones, algunas de ellas antagónicas entre sí. No faltó quien quiso ver en lo acontecido el esplendoroso cumplimiento del milagro que tan insistentemente había sido presagiado. Sobre la naturaleza de tal milagro hubo escaso acuerdo, pues mientras para unos estribaba en una repentina curación colectiva, para otros tenía que ver con algo semejante a un mágico desvanecimiento en la nada. La idea de que los portadores del mal, y con ellos el mal mismo, se habían desvanecido en una repentina deserción tenía muchos seguidores. Por descabellada que pudiera parecer tenía la virtud de evitar otras consideraciones, demasiado escabrosas o simplemente, en aquel momento, juzgadas inconvenientes.

Con todo, la versión más arraigada, a la que se recurría con una mezcla de ingenuidad e intriga, hacía referencia a un masivo embarque de los exánimes con destino ignorado. Ésta, por muchas razones, era también la más tranquilizadora pues eludía los peores presentimientos, dejando la solución del enigma en manos de lo desconocido. Se aludía, para apoyarla, a la presencia de buques de gran tonelaje que habían permanecido anclados cerca de la bocana del puerto. Según algunos los barcos finalmente habían amarrado en los muelles a la espera de sus huéspedes. Otros, por el contrario, indicaban que la operación se había efectuado mediante barcazas atiborradas que recogían a los pasajeros en el Paseo Marítimo y los trasladaban hasta alta mar, donde aguardaban los buques extranjeros contratados para tal menester. Los informantes se contradecían sobre la fecha del embarque. Se hablaba de varias noches consecutivas en las que columnas de camiones, procedentes de distintos puntos de la ciudad, habían transportado la misteriosa carga hasta el puerto. Más allá de estas hipótesis lo ocurrido, y especialmente lo que después debía ocurrir, se escurría en la bruma.

El Consejo de Gobierno tampoco aclaró, en ninguno de sus comunicados, las circunstancias que habían envuelto a un hecho tan asombroso. Lejos de esta preocupación sus actuaciones se dirigieron al restablecimiento de la normalidad. No hubo decreto alguno que diera por acabada la Campaña de Purificación, pero tácitamente se resolvió que, estando ya purificada la ciudad, dejaban de tener sentido las acciones emprendidas hasta entonces. En consecuencia cesaron las concentraciones en el Palacio de Deportes y las marchas nocturnas, debilitándose rápidamente la ocupación multitudinaria de las calles. Entretanto se emprendieron las medidas destinadas a restaurar el anterior aspecto de la ciudad y a lo largo de varias semanas numerosas brigadas de limpieza retiraron los escombros que se amontonaban en todas partes. Cada día se anunciaban nuevos progresos en el restablecimiento del orden, de manera que a finales de otoño, un año después del estallido de la crisis, pudo decidirse que la ciudad había renacido sin que se apreciara en su piel rasguño alguno.

También la población, adecuándose al cambio de escena, se sintió involucrada en este renacimiento. El despertar, tras la pesadilla, vino acompañado de una inicial ansiedad y, a la manera de los que acaban de salir de un mal sueño, hubo cierta propensión a indagar sobre cuáles habían sido sus causas y qué significado podía otorgársele. Pronto, sin embargo, el alivio fue más poderoso que la curiosidad y como si se siguiera un consejo unánime se prefirió el camino del olvido. Lo acaecido durante el año anterior acabó siendo algo que debía ser eludido a toda costa, adiestramiento que a fuerza de practicarse convirtió al olvido en un componente casi espontáneo de la vida colectiva. La amnesia, que abría una ancha brecha en la memoria inmediata, incrementaba, por añadidura, la necesidad de taponar el terrible hueco con una apariencia de continuidad. Y así pudo verificarse que la mayoría de los ciudadanos estaba dispuesta a anular un año entero de su existencia con tal de recuperar la sensación de que todo, dejado atrás el sueño, podía seguir siendo como antes. No fue un hecho traumático: acomodarse a un estado que, de nuevo, se tenía por definitivo era considerablemente más fácil que vivir en otro regido, de continuo, por la anomalía.

El abandono de la provisionalidad fue un proceso paulatino, discreto en su ejecución aunque drástico en sus consecuencias. De igual modo en que la instauración de lo excepcional había supuesto la absorción de organismos extraños, su desmantelamiento comportaba que éstos fueran expulsados. Aquello que había sido beneficioso, o así se había creído, ahora se observaba como superfluo, cuando no directamente nocivo. Esta inversión de valores se produjo naturalmente, sin apenas oposición: el retorno a la bonanza desterraba instantáneamente a los protagonistas de la tempestad. Las luces que habían brillado en medio de la turbulencia fueron extinguiéndose una tras otra, como si volvieran a aquel subsuelo del que, bruscamente, habían surgido. Ya no se necesitaban milagros o profecías. Los portaestandartes del bien resultaban molestos cuando el mal había desaparecido. La población se hizo sorda a sus palabras y ellos, irremediablemente, enmudecieron.

Ni siquiera Rubén, el Maestro, pudo sustraerse al vaivén de los influjos y su estrella se eclipsó con mayor celeridad, todavía, de la que tuvo cuando, en su ascenso, se había apoderado del firmamento de la ciudad. El silencio que cayó sobre él resumió, en buena medida, las exigencias emanadas de la necesidad de olvido. Durante un par de semanas Rubén aún mantuvo sus sesiones de la antigua Academia de Ciencias. Sin embargo, la afluencia de público se vio continuamente mermada. También los seguidores que le habían sido más fieles se alejaron de él, en particular los que detentaban una elevada posición social. Al poco tiempo las reuniones eran escuálidas copias de lo que habían sido en su momento de esplendor. El gran prestidigitador apenas tenía espectadores y su magia, que hechizara a tantos, se diluía ante un auditorio que había dado la espalda a los magos. Con el imparable fracaso se produjo, al fin, el cierre del local. De inmediato se supo que los miembros de la Academia de Ciencias consideraron indigno el uso que se hacía de su vieja sede y reclamaron que ésta les fuera devuelta. Alguno de ellos propuso, además, que se celebrara allí una asamblea solemne para desagraviar a la ciencia de las vejaciones que se habían cometido en su recinto.

Paralelamente Rubén se vio apartado de su puesto de consultor que tanta influencia le había proporcionado en los últimos meses. De acuerdo con lo que contaba Félix Penalba a quien quisiera oírlo nadie le destituyó sino que simplemente se revocó un cargo que nunca había existido antes y que, con toda probabilidad, nunca existiría de nuevo. Cancelada la provisionalidad de nada servían ya las atribuciones provisionales: el propio Penalba se aplicaba con jactancia este precepto al indicar que el censor que, debido a las circunstancias, él había sido dejaba paso al amante de la libertad que era. Rubén, pese a sus reconocidas dotes de transformista, no tuvo tantas facilidades para cambiar de piel. Una vez que se le hubieron agradecido los servicios prestados, el Consejo de Gobierno le advirtió que la ciudad requería en adelante tranquilidad. A la amabilidad le siguió la indiferencia y, casi de inmediato, la suspicacia. De Maestro adulado y cubierto de lisonjas a intrigante tratado con escarnio, Rubén comprobó que las puertas del poder se habían cerrado para él. Su tiempo estaba agotado y sus amigos, huyendo de él en desbandada, trataban de evitar su misma suerte.

Tras la caída en desgracia sólo tuvo una fugaz aparición cuando le contrató el empresario de un cabaret del barrio portuario. A lo largo de una semana Rubén intentó recrear sus éxitos multitudinarios ante unos cuantos espectadores aburridos. Los asistentes, a la salida, comentaban que había perdido todas sus habilidades y los que, a la semana siguiente, quisieron corroborarlo se encontraron con que el cabaret había cambiado de cartel. Nada más se supo de él, y al diluirse en la misma oscuridad de la que había partido pronto se le consideró como una creación del sueño que nada tenía que ver con el recuperado mundo de la realidad.

La suposición de que la ciudad había vivido durante un año bajo los efectos de un monstruoso sueño se impuso de un modo tan inmediato, y tan generalizado, que los propios ciudadanos se comunicaban los síntomas de sopor que aún les embargaban. Sus reflejos eran lentos, sus mentes estaban entumecidas, fruto, según se apresuraban a asumir, del brusco retorno al estado de vigilia. Lo que, conseguido este retorno, quedaba atrás, no era negado de manera taxativa, como si jamás se hubiera dado, pero sí, en cambio, empezaba a imaginarse a la manera de un paisaje ficticio, de un espejismo al que se hubieran rendido y del que, al fin, se habían desembarazado. Entrevistas así las cosas se hizo arduo retener las vicisitudes vividas bajo la fijación del espejismo. Al igual que las formas de éste, todo lo que había ocurrido en su interior aparecía distorsionado con imágenes volubles y absurdas metamorfosis. El mundo de la realidad se vengaba de los mundos fantasmagóricos que le habían acechado relegándolos a ser sombras sin consistencia. El propio mal, la semilla que al germinar había puesto en marcha los mecanismos de la pesadilla, fue arrojado a las sombras exteriores y, con él, todos aquellos que fueron marcados por su estigma. Los exánimes, una vez desaparecidos de la realidad, desaparecieron de las conciencias e incluso el término que les designaba, pintoresco primero e infamante después, fue borrado del vocabulario. Nadie tuvo la tentación de contar las bajas que se habían producido en el censo de la ciudad.

A Víctor Ribera, observador minucioso de los hechos que parecían adjudicarse a un sueño, le costaba entender los efectos anestésicos que ahora se arrogaba la realidad. Contemplaba la caja repleta de rollos fotográficos sin revelar, capturas de un tiempo que quizá pronto se declararía inexistente, y él mismo, en ciertos instantes, estaba imbuido por la duda de que aquellos carretes no contuvieran sino instantáneas tomadas al vacío. Tal vez, habitante sin saberlo del espejismo, había disparado su cámara hacia innumerables simulacros, burlándose éstos de la credulidad de su ojo. A pesar de esto no se atrevió a encerrarse en el laboratorio para salir de dudas. Habían cambiado las razones para mantener esta actitud, sustituyendo la perplejidad a la repulsión: antes, a lo largo del último año, le repelía mostrar a la luz lo que consideraba obsceno mientras ahora temía que, simplemente, no hubiera nada que mostrar, fuera de sus propios fantasmas. Con el paso de las semanas se encontró con que también él, como los demás, se inclinaba a callar.

Arias le llamó una tarde desapacible de diciembre. Quería, dijo, que hablaran. Por un momento Víctor albergó la esperanza de que el perro callejero utilizara su crudeza proverbial para referirse al cambio de situación. Pero Arias ni siquiera lo mencionó. Desde el día anterior estaba jubilado y éste era su único tema de conversación. Le tendió a Víctor un sobre que contenía un diploma de la Asociación de Periodistas.

—Me lo dieron ayer en una pequeña ceremonia que hicimos en el salón de actos de la Asociación. Había otros veinte viejos como yo a los que también jubilaban.

Víctor pensaba que en cualquier instante Arias bromearía contra las injusticias de que era objeto. Sin embargo, para su sorpresa, el veterano periodista estaba bastante satisfecho y se extendió en detalles del acto, elogiando el clima de camaradería en el que se había desarrollado. Luego hurgó en el bolsillo de su americana hasta extraer un estuche granate en el que figuraba sobreimpreso el rótulo de *El Progreso*. También el adversario directo de Arias había perdido, repentinamente, su anterior belicosidad. Le enseñó con orgullo una medalla plateada en la que se reconocía que la suya había sido toda una vida al servicio de la información.

—Blasi me recibió en su despacho —subrayó Arias—. Estuvo muy amable y me dijo que no me preocupara. Que si me aburría se lo hiciera saber porque ya había previsto que en el futuro, si yo quería, podría hacer ciertos trabajos de colaboración. Después me dieron una comida de despedida. Éramos muchos, y esto me gustó. Blasi no pudo asistir pero se disculpó y envió un mensaje de adhesión.

Por primera vez Víctor veía a Arias notablemente contento. Además, tenía planes. Deseaba, ahora que tendría tiempo, hacer reformas en su casa que, según afirmó, estaba inhabitable. Compraría plantas y, en particular, más pájaros, pues el que tenía necesitaba compañía. Quizá compraría asimismo un perro, a ser posible un buen pastor alemán, aunque le hacía dudar el reducido tamaño de su piso. Lo que era seguro es que escribiría un libro. Ésta había sido una ilusión secreta que siempre había ido aplazando por demasiados compromisos o por simple pereza. El libro sería una crónica popular de la ciudad tal como era en la juventud de Arias. A pesar de que trataría de los más diversos aspectos ya había decidido dedicar un capítulo importante a los grandes combates de boxeo. El último de los planes del recién jubilado era también el más inesperado:

—Fíjate, he pensado en casarme otra vez. Es una idea que me ha entrado en la cabeza y no logro sacármela. ¿Te parece buena o mala?

—Buena —le contestó Víctor—. Pero ¿ya sabes con quién?

—No —dijo con cierta turbación Arias—. No lo sé. Ahora tendré mucho tiempo para averiguarlo.

Tener mucho tiempo: no sólo Arias, debido a la jubilación, sino, por lo que podía deducir Víctor, la mayoría de los moradores de aquella ciudad había llegado a la conclusión de que el año desvanecido debía redundar en una generosa ampliación del tiempo que estaba por venir. Todo ocurría como si se hubieran evaporado doce meses, pero al unísono, en inconfesable compensación, como si fuera obligado recuperarlos con creces mediante una actividad desaforada. Al igual que Arias, todo el mundo tenía abundantes planes, lo cual, sin embargo, más que considerarse una novedad, se observaba como una continuación lógica de lo que siempre había sido. Y así una de las condiciones imprescindibles de la vuelta a la normalidad era descubrir que, en última instancia, ésta nunca se había interrumpido.

Se reanudaron, por tanto, para Víctor Ribera

las propuestas profesionales sin que en ningún caso, los que las hacían, aludieran al hecho de que se trataba, efectivamente, de una reanudación. Tal como era corriente antes, le pidieron reportajes fotográficos y en su contestador automático se grabaron las llamadas de revistas y periódicos que requerían sus servicios. También Salvador Blasi le dejó un largo mensaje grabado en el que con un tono desenfadado y cordial le sugería una serie de retratos de los cien principales personajes de la ciudad que tuvieran, según enfatizaba con cierta sorna, un fuerte relieve psicológico. *El Progreso* los publicaría diariamente durante un trimestre y luego, de acuerdo con lo que había pactado con Jesús Samper, podrían reunirse en una exposición patrocinada por el periódico que se celebraría en la galería de aquél. Samper, al día siguiente, le llamó para confirmarle el proyecto, insinuándole ya algunos de los nombres de la lista que el director de *El Progreso* y él habían confeccionado conjuntamente. Deseaba, en consonancia con su talante, que fuera una exposición de envergadura.

—De las que hacen época.

Víctor, tras escuchar los nombres propuestos, sugirió el de Rubén. Lo hizo provocativamente, casi sin pensarlo. Tuvo que repetirlo un par de veces, porque la primera Samper hizo caso omiso de la sugerencia. Luego, sin que su voz se inmutara, le contestó:

—Pero Víctor, se trataría de que fueran hombres con proyección de futuro.

Los conjurados para el olvido cerraban filas de modo que no quedara abierta ninguna fisura.

Era tanta, aparentemente, su coherencia que ni siquiera dejaban entrever que se esforzaban en olvidar. Sin embargo, no se podía acusar a uno u otro, por separado, de premeditación pues todos ellos formaban parte, como moléculas obedientes, de un movimiento general que desplazaba a la conciencia en ese sentido. También Víctor Ribera se veía como una de estas moléculas, dependiente por entero de las demás, con la diferencia, quizá, de no lograr alejar la perplejidad que esto le causaba. Las ventajas de la amnesia, que percibía claramente, chocaban con la dificultad que representaba gozar de ellas con impunidad. Y no, según creía, por escrúpulos morales sino por falta de convicción.

Max Bertrán, imperturbable como le gustaba presentarse siempre, opinaba que ni los escrúpulos ni la convicción tenían, en aquel momento, utilidad alguna. Bertrán era, en cierto modo, un caso aparte: lo suyo, en lugar de olvidar, se reducía más bien a ignorar, y dado que apenas se había adherido a las pasiones del año maldito no tenía, tampoco, que desembarazarse de ellas. Su misantropía jocosa le mantenía al margen de sobresaltos, al tiempo que le hacía conservar su peculiar humor que muchos, no sin razón, calificaban de cinismo. Era sincero a su modo cuando aseguraba que no se había sentido afectado por lo que venía ocurriendo en la ciudad. Pese a los cambios de vestuario para él la comedia era siempre la misma.

—Mira, ya sé que han pasado muchas cosas desde hace un año. Por ejemplo, sé que un día nos levantamos y nos encontramos con unos tipos que se habían vuelto idiotas, o locos, o lo que sea, y que estos tipos crecieron como moscas, sin que nunca supiéramos por qué. Sé que luego se han esfumado, sin que sepamos cómo. Sé que hemos estado rodeados de brujos y delincuentes, y no sólo no le hemos puesto remedio sino que nos ha gustado. También sé que cuando debíamos hablar hemos callado y que hemos cerrado los ojos ante cualquier mentira que nos hayan vendido, y que además todos hemos mentido descaradamente. Por otra parte, algunas cosas, tal vez las más importantes, ni las sé ni las sabré nunca. Pero no pienso obsesionarme con esto y tampoco tú tendrías que hacerlo.

Max Bertrán permaneció más serio de lo habitual, casi airado, al expresar su particular balance. Luego, no obstante, recobró su buen humor y estuvo burlándose de los personajes recomendados por Blasi y Samper para el reportaje fotográfico que le había sido ofrecido a Víctor. En su clasificación los pavos reales se alternaban con los reptiles, intercalando, de vez en cuando, distintas especies de aves rapaces. Esto le sirvió para sacar conclusiones:

—Como ves todo sigue igual. Si quieres que te diga la verdad, creo que en el fondo tienen razón los que insinúan que no ha pasado nada: no ha pasado nada que no estuviera pasando hace un año, y mucho antes.

Víctor recibió el telegrama que le anunciaba la muerte de David Aldrey la noche del solsticio de invierno. El texto era escueto: sólo añadía que la ceremonia fúnebre se celebraría, a la mañana siguiente, en el Tanatorio Municipal. Lo firmaba María Aldrey. Se mantuvo mucho rato sentado frente al pedazo de papel azul que había dejado sobre su mesa de trabajo. No sintió dolor o, si lo sentía, ese dolor se había agazapado tras la impotencia que significaba no poder hacer nada por alterar aquel texto. No admitía variaciones ni interpretaciones. Era exacto como un dardo que después de recorrer océanos enteros se clavara certeramente en el grano de arena escogido como diana. Las palabras, en todas las ocasiones, podían ser retorcidas y alisadas, podían ser despedazadas para ser recompuestas, luego, con mayor o menor arbitrariedad. Su materia apenas era más consistente que la gelatina. Pero las palabras encerradas en aquel texto poseían la dureza cortante del acero.

Únicamente en un segundo momento, cuando desvió la atención de las palabras mismas, y de la inutilidad de oponérseles, Víctor estuvo en condiciones de pensar en la muerte de David. Y de pronto le pareció un error, un error anunciado desde largo tiempo atrás, desde que su amigo, situado como los demás ante la encrucijada, había elegido el camino contrario a la supervivencia. Aldrey se empeñó en solitario en una lucha contra el absurdo que no tenía salida. Quiso permanecer en un punto fijo mientras, a su alrededor, el torbellino lo removía todo incesantemente y, al final, cuando todo en apariencia volvió, de nuevo, a su sitio, él resultó el único desplazado.

Enseguida se avergonzó de juzgar a David como si fuera un extraño, preguntándose si realmente le echaría en falta. Por su memoria se sucedieron, desgranados, fragmentos de las conversaciones sostenidas durante tantos años y se dio cuenta de que, en buena medida, eran una crónica de sí mismo. Nunca creyó que hubiera intimidad en su relación con David, cuando menos en el sentido habitual que se le otorgaba a este término, pero ahora percibía que, en otro sentido, esa intimidad, aunque intermitente y discreta, sí existía. Y ello no dejaba de sorprenderle al rememorar unos diálogos en los que en muy contadas ocasiones había estado presente la confidencia personal. Ambos la rehuían, quizá por un pudor gratuito, quizá porque ya desde el inicio adivinaron que era mejor excluirla. Sólo en los últimos tiempos parecía que esta actitud iba a variar, especialmente desde el instante en que David tuvo conciencia de su fracaso. Hizo, entonces, diversos amagos para que su relación fuera diferente. Sin embargo ya le obsesionaba que, como en las demás cosas, fuera demasiado tarde. David siempre había cargado con el caparazón y optó por refugiarse en él definitivamente. Prefirió el silencio al absurdo, pero cuando tomó esta decisión sabía que, antes o después, sería aplastado. Fue, se dijo Víctor, un rasgo más del coraje que le caracterizaba.

La mañana, aunque sin lluvia todavía, era plomiza, con un aire húmedo que calaba en los huesos. En el Tanatorio Municipal el trasiego en torno a la muerte originaba una bulliciosa confusión. Víctor tuvo que informarse varias veces antes de acceder a la sala donde debía celebrarse la ceremonia fúnebre. Había pocas personas, una docena aproximadamente, entre las que distinguió a la mujer de David, a la que reconoció enseguida pese al mucho tiempo transcurrido desde que la había visto por última vez, y a su hijo, del que recordaba alguna que otra fotografía. María era una mujer menuda que se conservaba muy joven. Le saludó afablemente, agradeciéndole su asistencia, y le rogó que se situara en el primer banco, junto a ella y su hijo. Víctor, sin saber por qué, se sintió orgulloso por tal invitación, en la que se reconocía su estrecho vínculo con David. De inmediato, no obstante, vaciló ante esta idea que venía a corroborar la profunda soledad en la que había vivido su amigo. Era chocante que él estuviera colocado entre los primeros, a dos pasos del ataúd cerrado que contenía sus despojos. Seguramente el resto de los asistentes era aún más distante de David de lo que él mismo lo había sido: algunos colegas, algún pariente, unos pocos, escasísimos, acompañantes de compromiso.

El oficiante se atuvo a las frases de rigor, sindisimular en ningún momento que sus pautas valían para cualquier cadáver. Víctor prefirió casi que fuera así, neutro y aséptico como las paredes de la sala. Habló unos diez minutos, los suficientes como para pasar de puntillas sobre todos los grandes sentimientos del hombre y sobre todos los grandes enigmas del mundo. Almacenados en su discurso el amor, el consuelo o el sufrimiento eran platos fríos servidos en un restaurante de comida rápida y la vida ultraterrena, una excursión hasta la esquina más próxima. Con todo, tenía la virtud de despojar instantáneamente de significado a sus propias aseveraciones preservando, intacta, la frialdad de la muerte. Probablemente se limitaba a cumplir con las exigencias de su oficio, sin inmiscuirse en el destino de alguien al que desconocía por completo. Sólo al final, cuando consideró que era obligado aproximarse más a la figura del fallecido, sufrió un par de deslices, asegurando que David era un abnegado cirujano y equivocándose con su apellido. Nadie se lo echó en cara y la ceremonia concluyó rápidamente, no sin que antes retumbara una música desafinada puesta en marcha por el propio oficiante al pulsar un botón situado debajo de su atril.

Desde lo alto del cementerio se divisaban, además de una enorme franja de mar grisáceo, el Paseo Marítimo y buena parte de los muelles del puerto. Desde la distancia en que se hallaba a Víctor se le hizo imposible averiguar si se había reemprendido la actividad portuaria. Más bien dedujo que todo seguía tan estático como aquella tarde primaveral en que estuvo caminando con David por los tinglados del puerto. Le vino a la memoria su paseo en barca, surcando unas aguas lisas como el cristal, y el arco iris atrapado en la mancha aceitosa. Por aquel entonces parecía que David tenía todavía la fuerza de su parte. Quería descifrar la enfermedad, aunque advirtiera ya que su significado permanecería oculto y que, además, de prolongarse esta situación, quedaría trastocado el orden de las cosas. Estaba preocupado porque creía que se estaba perdiendo aceleradamente el sentido de la realidad. No sabía, entonces, desde luego, que sería la realidad la que acabaría expulsándole a él.

Llegaron, después de algunas dudas de los sepultureros, al rincón donde David Aldrey debía ser enterrado. La comitiva, entretanto, se había reducido a la mitad. Uno de los empleados preguntó a María si quería que abrieran el féretro. Negó con la cabeza. Se mantuvo todo el tiempo cogida de la mano de su hijo. Al igual que ellos también los otros espectadores permanecieron en silencio. A Víctor le impresionó que el acto de sepultura fuera tan sencillo, tan escuálido, de una austeridad que rayaba en la pobreza. Pese al frío los sepultureros tenían gotas de sudor en la frente. Entraban y salían del nicho, descontentos porque restos anteriores dificultaban la entrada del ataúd. Por fin lo introdujeron, entre protestas. Empezó a lloviznar. La mujer de Aldrey fue requerida para realizar algunos trámites que aún estaban pendientes. Cuando todos se hubieron despedido Víctor se encaminó hacia su coche para bajar a la ciudad. Sin embargo, tras dar unos pasos, rectificó y se dirigió de nuevo hacia la tumba de su amigo.

XIV

Un camarero del París-Berlín le preguntó:

—¿Le sirvo ya o esperará a su amigo?

—Esperaré —contestó mecánicamente Víctor.

Sin embargo, cuando el camarero se alejaba rectificó:

—Hoy comeré solo. Puede tomar nota, por favor.

Pese a esta indicación el camarero no retiró el otro cubierto ni Víctor insistió en que lo hiciera. Era mejor así, como si las cosas continuaran en su sitio. En realidad, a excepción de David Aldrey, que no ocupaba su asiento, el París-Berlín había recuperado su concurrencia, presentando un modesto esplendor similar, muy probablemente, al que presentaba cualquier miércoles del año anterior. Los viajantes de comercio, o los que tenían aspecto de serlo, que eran mayoría, parecían haber atravesado incólumes el paréntesis y ahora reaparecían llenos de energía. En sus bocas los negocios eran actividades eternas que planeaban por encima de los altibajos humanos. Aquel día se percibía el optimismo reinante mediante una dicharachera complacencia en esa esencia eterna del comercio que daba pie a sonoras bromas y a joviales apuestas. Sin perder la discreción, tradicional en el París-Berlín, los comensales levantaban la voz por encima de lo que era costumbre y, de vez en cuando, brindaban alegremente por sus éxitos.

A media comida Víctor comprendió que había hecho mal en volver a aquel restaurante. Se había empeñado en rendir su particular homenaje a la memoria de David, pero ahora lo encontraba un acto ridículo, rayando lo grotesco, y se veía a sí mismo como una caricatura en medio de otras caricaturas que comían y reían. Súbitamente tuvo la impresión de que tanto él como los que le rodeaban participaban en las escenas de una vieja película cómica y que muy pronto empezarían a volar los platos de una mesa a otra, embadurnando las caras de los integrantes del festín. Por un rato, al repasar cuidadosamente a sus vecinos de mesa, estuvo en condiciones de adjudicar los distintos ingredientes que les correspondían: las cabezas estaban pintadas con cremas y salsas formando un amasijo multicolor. Víctor soltó una carcajada. Cuando se desvaneció la escena grotesca observó como varios de los presentes le miraban inquisitivamente. El camarero vino en su ayuda solicitándole el postre que quería tomar.

Se sintió el centro de las miradas y esta sensación incómoda se acentuó al intuir que sus vecinos de mesa le juzgaban como un elemento anómalo que enturbiaba su normalidad. Frente a ellos Víctor se sabía acusado por permanecer junto al asiento vacío de David, soldado a él por una complicidad que los otros consideraban malsana. Y en aquel momento experimentó de nuevo algo que ya había presumido desde hacía un cierto tiempo pero que, con el paso de los días, se volvía más agobiante: la certeza de que ciertos hombres, David con toda seguridad, y ahora quizá él mismo, habían sido situados fuera del juego, culpables de haber escudriñado en un mundo que no había existido y, en consecuencia, castigados con la exclusión. David Aldrey había sido excluido drásticamente por haberse inmiscuido demasiado en territorios prohibidos. Pero tampoco Víctor, el mero observador, podía mantenerse al margen, acusado, como sería, de falsedad por creer, o al menos sospechar, que lo que había ocurrido en el último año había ocurrido verdaderamente. Víctor, con su persistencia en recordar, transgredía las reglas del juego. Estaba fuera del juego.

Abandonó precipitadamente el París-Berlín con la premonición de que, al igual que antes para David, también para él había sido decretado el destierro: podía decirse que, al menos tácitamente, había sido expulsado de la ciudad, cumpliendo así la pena por haberse entrometido en su zona secreta. La ciudad era la misma, siempre había sido la misma, siendo individuos como él y como Aldrey los que, al pensar lo contrario, quedaban atrapados en sus propias ficciones. Víctor sabía perfectamente que lo que había sucedido en el último año no era, en modo alguno, una ficción. Pero eso no bastaba cuando lo que se imponía era un mundo que se obstinaba en negar que sus fantasías hubieran sido, en cierto tramo de su historia, las únicas realidades. A pesar de sus resistencias la fuerza de este mundo era demasiado evidente y el propio Víctor se veía desagradablemente impulsado a reconocerlo. La duda, aunque tenida por injustificada, hacía incesantes progresos, particularmente nítidos aquella tarde de fines de diciembre, saturadas las calles de atmósfera navideña, mientras se reproducía la estampa exacta del año anterior con una solidez tal que su sola visión desmentía que hubiera podido ser alterado, en fecha reciente, un equilibrio tan compacto. Las gentes insistían en sus costumbres, ajenas al año que no había existido.

Víctor dedicó el resto de la tarde a comprobaciones que hacía unos pocos días le hubieran parecido fútiles pero que, a partir de la muerte de David Aldrey, se le hicieron indispensables. Quería cerciorarse de lo que para él simplemente era obvio. Recorrió muchos puntos de la ciudad, circulando velozmente en su automóvil como si en cierto modo huyera de cada una de sus comprobaciones. Y no le faltaba razón para ello pues las voces, unánimemente, se pronunciaron contra él. En el Hospital General le aseguraron que no constaba en sus archivos el internamiento de unos pacientes a los que se denominara exánimes. Nunca habían oído hablar de tales enfermos y rechazaban que pudiera darse una patología como la descrita por Víctor. Le despidieron entre chanzas y suspicacias. Tampoco la Hemeroteca Municipal le sirvió de mucho pues los archiveros le informaron que los periódicos de aquel año aún no habían sido clasificados y todavía tardarían en serlo bastante tiempo debido a ciertas innovaciones técnicas. De otra parte, las emisoras de radio y televisión no facilitaban sus grabaciones para consulta sino pasados dos años tras la emisión. El perímetro del silencio era cada vez más extenso y amenazaba con cerrar el cerco. Las dos últimas comprobaciones que Víctor hizo antes de desistir le reafirmaron en esta idea: en la sede del Senado supo, por unos ujieres, que la institución funcionaba normalmente, al igual que siempre, y dos calles más abajo unos obreros que trabajaban en el jardín de la vieja Academia de Ciencias dijeron que, de acuerdo con sus noticias, aquel edificio llevaba años deshabitado. El vacío generaba verdades inconmovibles mientras su verdad, tambaleándose, se demostraba más y más infundada.

Recurrió, por fin, a los carretes almacenados en la caja metálica durante doce meses. Al abrirla Víctor se apercibió de que no tenía una conciencia muy clara de su contenido. Su crónica del tiempo de los exánimes podía haberse transformado, en definitiva, en la crónica de su propia enajenación, de modo que allí no se hallaran registrados los acontecimientos vividos sino, únicamente, los espectros por él imaginados. Sentía, al mismo tiempo, ganas de llegar al fondo del desafío y aunque no estaba seguro de que sus fotografías le facilitaran el camino no veía otra manera de intentar acceder hasta él.

Se encerró en el laboratorio y durante los dos días siguientes, con escasos intervalos de descanso, estuvo dedicado a revelar muchos de los carretes. Cuando por fin, terminada esta tarea, pudo examinar el conjunto de sus fotografías el balance fue, en cierto sentido, decepcionante: sí estaba contenida allí una relación pormenorizada de lo sucedido a lo largo del último año, pero enseguida tuvo la sospecha de que, fuera de él mismo, los demás que contemplaran aquellas imágenes podrían desorientarse fácilmente. Maldijo las trampas del fotógrafo, de las que tanto se había aprovechado y que ahora se volvían contra él. Al secuestrar las escenas, arrebatándoles el tiempo al que pertenecían, el fotógrafo domesticaba su aliento primitivo para luego ofrecerlas a ojos ajenos dotadas de un tiempo neutro que él creía dominar. Víctor estaba convencido de que ésta era la fuerza de la reproducción fotográfica, superior, tantas veces, a la del modelo.

Sin embargo, en algunas ocasiones el cazador caía en su propia trampa, incapaz de sortear los artificios concebidos por él mismo. Y esto era exactamente lo que experimentaba Víctor ante los centenares de fotografías que había revelado. Le parecieron, por lo general, escenas secas, sustraídas a su tiempo original, aunque, simultáneamente, reacias a que él les insuflara su propio tiempo. Eran testimonios marchitos y, en cuanto tales, habían dejado de poseer el aroma de los minutos y de las horas. Sin duda se encontraba ante lo que muchos de sus colegas hubieran calificado de material valioso, pero Víctor no quería llevarse a engaño: aquel material era inservible, al menos para probar la existencia de algo tenido por improbable y, por parte de muchos, por imposible. Los diversos rastros del desvarío de la ciudad perdían contundencia ante la idea firme y compartida de que la ciudad jamás había entrado en tal desvarío.

Por supuesto, reflejadas en las fotografías, se veían las sucesivas secuencias: las calles anormalmente desiertas o anormalmente abarrotadas, las cordilleras de escombros, los edificios incendiados, las concentraciones de multitudes en torno a los agitadores, las arengas de los profetas, los ejercicios temerarios de los funámbulos, las intervenciones prodigiosas de Rubén, vestido siempre con su trasnochado traje blanco. Se veían, al fin, los grandes protagonistas, los exánimes, afectados por una insólita enfermedad al principio y luego aberrantes portadores del mal, condenados a desaparecer los primeros de la memoria colectiva. Víctor se detuvo ante las fotografías de su primer reportaje en el Hospital General que dieron pie a la publicación de la noticia y también ante las que realizó, acompañado de Arias, tras los linchamientos de primavera. Las caras inexpresivas, los ojos huecos, las sombras de un miedo insondable, lo terrible, demasiado reiterativo para no volverse rutinario.

Repasó, en suma, los fragmentos del delirio. Para él eran cercanos, cotidianos, frutos de una larga convivencia. Pero bien pudiera ser que para muchos otros no fueran sino fragmentos de un montaje circense o de una escenografía operística. Nada demostraba lo contrario y, dado que lo que allí se había registrado era imposible que sucediera en una ciudad moderna y civilizada, lo más probable es que todo se debiera a la simulación y al juego. Una representación, a veces divertida y paródica, a veces sórdida, rozando el mal gusto, que, sin embargo, en poco se distinguía de tantas otras representaciones divertidas, paródicas y en ocasiones sórdidas a las que estaban acostumbradas las ciudades emprendedoras de la época actual.

Algunas figuras sobresalían momentáneamente, interrumpiendo la representación: Arias en su desvencijado apartamento, David a la salida del París-Berlín, Ángela junto al cuadro de Orfeo, Max Bertrán adoptando una pose estudiada. Eran, desde luego, figuras con luz propia. Y, sin embargo, a pesar de esto, Víctor no lograba rescatarlas del laberinto. Al margen de éste vivían en su afecto pero sumidas en él, contempladas en el mismo paisaje que poblaba el resto de las figuras, ya no le pertenecían. Pertenecían, ellas también, al gran equívoco. La ciudad había soñado una pesadilla en la que todos, sin excepción, desempeñaban un papel. Todos estaban incorporados. Todos habían sido cómplices de un mundo que al ser, luego, rechazado los convertía a todos en habitantes de la niebla. Ninguna silueta era nítida, ninguna identidad era estable. Nadie escapaba a la niebla.

Víctor quemó todas las fotografías, añadiendo de inmediato al fuego los carretes sin revelar. Únicamente cuando el olor ácido y penetrante que desprendía la chimenea llenó toda la habitación empezó a sosegarse. Un cierto placer, no ajeno a la nostalgia le hizo observar detenidamente las llamas violáceas que consumían su trabajo. Sus fotos habían pretendido retener el alma de la ciudad y ahora esta pretensión se descomponía lentamente bajo el efecto de un fuego que tenía algo de liberador. La ciudad estaba comprimida en el reducido espacio de su chimenea, de modo que pudo imaginar fácilmente cómo sus distintos componentes iban quedando reducidos a cenizas. La habitación olía a asfalto quemado, a carne chamuscada, a hierro fundido: el tiempo ardía velozmente arrastrando en su disolución las pruebas de sus hazañas y delitos. Los hombres aborrecían las pruebas de su locura y no tenía sentido oponerse a esta voluntad. Cuando el fuego hubo devorado sus fotografías Víctor experimentó un notable alivio. Después de todo era inútil obcecarse con la convicción de que él poseía tales pruebas.

Jesús Samper le llamó por teléfono para felicitarle la Navidad. Tras recordarle la conveniencia de tomar una rápida decisión sobre la nueva muestra fotográfica que proyectaba le invitó a su fiesta de Nochevieja.

—Nos vemos muy poco, Víctor. Será una buena oportunidad para que nos reunamos. Muchos amigos ya me han confirmado su asistencia. Creo que habrá más gente que el año pasado.

Víctor dejó en suspenso la aceptación, balbuceando excusas poco convincentes. Samper, antes de despedirse, se lo recriminó amistosamente:

—Te estás comportando como un misántropo, y eso no es bueno para la salud. Hazme caso, venid Ángela y tú. Os divertiréis.

Samper no fue el único: las felicitaciones navideñas llovieron desde todas partes como si los que le rodearan estuvieran empeñados en competir con alardes de efusividad. Víctor supuso que a todo el mundo le sucedía lo mismo, cruzándose los deseos de bienestar hasta formar una espesa red que, en los propósitos y las ilusiones, mantuviera alejada la desgracia. Todos los años se repetía puntualmente en estas fechas una operación similar, de manera que las variaciones eran tan escasas que bien hubieran podido resumirse en la media docena de fórmulas que se heredaba a través de las sucesivas generaciones. Los ritos para apelar a la fortuna eran parcos y reiterativos.

A pesar de todo Víctor, durante aquellos días, escuchó tímidamente las proposiciones de sus interlocutores. Lo hizo, con una atención enfermiza casi, tratando de detectar algo que rompiera la uniformidad de las expresiones. Quería adivinar la intención callada, apoderarse del más minúsculo desliz que confirmara que aquel año no había sido como todos los años. Leyó tarjetas de felicitación o atendió las llamadas telefónicas con el espíritu del cazador furtivo que irrumpe alevosamente en terrenos ajenos para cobrarse las piezas codiciadas. Pero buscó en vano manchas que ensombrecieran el rutinario idioma de la felicidad navideña. Ninguna alusión a que hubiera ocurrido algo fuera de lo normal en los meses precedentes. Ni siquiera deseos de que el inmediato porvenir fuera menos turbio que el inmediato pasado. A juzgar por lo que leía o escuchaba el deseo de que nada perturbara la paz de la población se formulaba con la seguridad de que nada, en los tiempos recientes, la había perturbado.

De otro lado la ciudad parecía vivir de acuerdo por entero con esta regla, no permitiendo que se apreciara en su interior ningún síntoma de anomalía. No se apreciaban signos de desorden ni huellas de que los hubiera habido. Lo que en ella hubiera podido calificarse todavía de peculiar se presentaba cubierto con el manto tranquilizador de lo meramente accidental o de lo que, en cualquier caso, tenía visos de ser un simple fenómeno pasajero. Así, por ejemplo, era innegable que, en contraste con lo que era propio de estas épocas, la afluencia de extranjeros era nula y que tampoco los ciudadanos viajaban al exterior. Pero, como contrapartida, se hablaba frecuentemente de grandes migraciones en ambos sentidos: las previsiones de visitantes para la próxima temporada eran espectaculares y, paralelamente, se daba por descontado que las agencias turísticas trabajaban a pleno rendimiento para satisfacer las demandas de viaje. Nada impedía que la ciudad fuera, a todos los efectos, una ciudad abierta.

Víctor aguardaba impacientemente el final del año con la secreta esperanza de que el cambio de calendario le facilitara el acceso a un tiempo más llevadero. Había renunciado ya a su combate contra el absurdo desde el momento en que se había visto empujado a considerar que era ese mismo combate lo que era absurdo. Si repasaba su propia crónica de lo acontecido, lo cual hacía con una asiduidad ingrata, se veía en la obligación de aceptar que todo, incluida su participación en el drama, o en la comedia, podía ser vuelto al revés, invertido de modo tan drástico que apenas vislumbraba un suelo firme en el que apoyarse. Caprichosos juglares hacían incesantes volteretas en su pensamiento y nadie desmentía que fueran ellos quienes escenificaban la verdad. Tampoco David Aldrey y su muerte. En apariencia la muerte de David seguía rebelándose frente al olvido. Sin embargo, podía ser que fuera únicamente eso, una apariencia, y que en realidad toda la vida de David estuviera equivocada. Y que también su muerte fuera una equivocación. Él ya no estaba en condiciones de demostrar lo contrario. Víctor no sabía lo que su amigo hubiera hecho de encontrarse en su situación. Sí sabía, no obstante, que a él sólo se le ofrecía el aprendizaje del olvido y envidiaba la facilidad con que lo habían realizado sus conciudadanos.

Lo reconoció de inmediato y se sorprendió de que también el anciano le reconociera a él con presteza. Su fragilidad, el mismo cabello blanquísimo, los mismos ojos de azul intenso, de una intensidad insólita para su edad: Víctor tenía grabada aquella cabeza en su retina con una claridad especial. Había transcurrido medio año desde que lo viera por única vez y su imagen permanecía en él con rara nitidez. Lo recordaba con su nieto en una mano y con el reloj que había recuperado en la otra, caminando entre los escombros calcinados que los incendiarios habían dejado tras su orgía. Sobre todo recordaba su voz pausada, magníficamente sosegada en medio del desastre. De pronto Víctor pensó que aquella súbita coincidencia entrañaba un significado poderoso. No era tan sólo un azar sino el fruto de lo que antes o después debía producirse para que el silencio no ganara definitivamente su partida. Sin sopesar las causas que le inclinaban a ello adjudicó al anciano la función de testigo decisivo. Más que acercársele se abalanzó, casi, sobre él.

—¿Me recuerda?

—Claro —contestó sonriente, su interlocutor—. ¿Cómo está usted?

—Bien —dijo Víctor precipitadamente, sin reparar en devolver la cortesía y haciendo una nueva pregunta—. ¿Se acuerda de la mañana en que nos encontramos cerca de aquí?

—Ha pasado bastante tiempo —respondió el anciano, algo vacilante.

Por un instante se cruzó por la mente de Víctor la idea de que su testigo decisivo se desmoronaba. Tampoco refutaría las piruetas de los juglares. Sin embargo, la voz que le hablaba recuperó su firmeza:

—Aunque, desde luego, me acuerdo perfectamente. Por desgracia fueron unos días inolvidables y aún hoy le agradezco que aquella mañana se hiciera cargo de mi nieto. Yo me había despistado buscando el reloj.

—Entonces, ¿usted recuerda lo que pasó aquellos días?

El anciano le miró con aire de perplejidad. Contestó de inmediato:

—¿Qué dice usted? ¿Cómo no iba a recordarlo? Estuvieron a punto de incendiar mi casa.

Víctor sintió una extraña satisfacción al comprobar que su testigo le era fiel. Alguien, al parecer, estaba dispuesto a mirar atrás sin temer el castigo que ello podría acarrearle. Observó con agradecimiento al desconocido anciano: hacía caso omiso de la prohibición que, al igual que pendiera sobre Orfeo, pendía sobre la ciudad. Llenó de preguntas a su improvisado interlocutor. Quería una confirmación minuciosa de cada uno de los hechos acontecidos. El viejo respondía con naturalidad, aunque sin poder ocultar un cierto asombro por la insistencia de Víctor. Cuando hubieron recorrido un largo tramo hacia el pasado le exteriorizó este asombro:

—¿Por qué quiere que le conteste cosas que usted ya sabe? Todo el mundo lo sabe.

—Perdone —se disculpó, por primera vez, Víctor—. Me temo que seamos pocos los que lo sabemos.

Víctor se lo dijo en un tono confidencial, casi intimidatorio, del que se arrepintió enseguida apercibiéndose de que podía ser tomado por un energúmeno. El anciano notó su incomodidad y, sonriéndole de nuevo, le cogió por el brazo invitándole a dar una vuelta a la manzana.

—Aquí, de pie, hace frío, ¿verdad? —alegó.

Víctor no se había dado cuenta de que hacía realmente frío. Imitó a su compañero, subiéndose también él el cuello del abrigo.

—Entonces, ¿usted está convencido de que estos hechos han sucedido? Tal vez sea una ingenuidad o una idiotez preguntárselo de esta forma pero no se me ocurre otra.

—No es ni una cosa ni la otra —afirmó con suavidad el anciano—. No tengo ninguna duda de que han sucedido. Lo que no entiendo es por qué usted se empeña en tratar de ratificar lo que es evidente.

—La gente lo ha olvidado —se justificó Víctor.

—¿De veras?

Le pareció, por un momento, una interrogación cínica. Pero no había cinismo en ella. Únicamente, quizá, una distancia que le mantenía alejado de tribulaciones demasiado punzantes. Sus siguientes palabras lo corroboraron.

—Es posible que tenga razón. Pero no hay por qué sorprenderse, pienso sinceramente. Lo han olvidado, es cierto, pero también hace unos meses habían olvidado lo que pasaba con anterioridad y no sabemos si mañana se habrá olvidado lo que pasa hoy. Probablemente sí. En realidad presumimos de memoria pero recordamos pocas cosas y casi nunca lo que en su momento nos pareció fundamental. El miedo es más importante que la memoria y yo, que ya soy viejo, puedo asegurarle que tratamos de apartar de nuestro recuerdo todo aquello que tememos. No creo que seamos culpables por eso. Mentirosos seguramente sí, pero con el transcurso de los años nos acostumbramos a ello con facilidad.

Se detuvo en una esquina, obligando a Víctor a hacer lo mismo.

—Además, cabe otra posibilidad.

Víctor permaneció callado.

—Cabe otra posibilidad —repitió—. ¿No ha pensado que quizá cada uno de nosotros está convencido de que él solo es el que recuerda mientras todos los demás han olvidado? Es una pura suposición, claro está, pero bien pudiera ser que lo que usted o yo sospechamos de los otros fuera bastante similar a lo que los otros sospechan de nosotros. Quiero decir lo siguiente: usted cree que está aislado, recordando detalle a detalle lo que ha ocurrido durante este año, en tanto que los otros a su alrededor se han aliado en el silencio. Pongamos que a mí me pasa algo parecido. ¿No podría ser que lo mismo, exactamente lo mismo, les pasara a muchos de los habitantes de esta ciudad? Si así fuera todos sabríamos que algo tremendo ha tenido lugar en nuestras vidas y, al mismo tiempo, todos lo callaríamos, pero no por culpa de los demás sino por nuestro propio miedo.

Presionó el brazo de Víctor con un gesto cordial y antes de reemprender la marcha añadió:

—De todos modos no me haga mucho caso. Ya soy demasiado viejo.

Tras dar la vuelta a la manzana retornaron al punto de partida. Los últimos metros los caminaron en silencio. Antes de despedirse el viejo le dijo:

—¿Sabe que mi nieto me ha preguntado varias veces por usted? Por lo visto en el poco rato que estuvieron juntos se hicieron muy amigos.

—¿Cómo está? —se interesó Víctor.

—Bien, muy bien. Es un buen muchacho aunque muy travieso. Sigue obstinado en meter las cucharas en las botellas. ¿Y sabe qué dice? Dice que usted le prometió enseñarle cómo hacerlo.

En el fondo azul de sus ojos había un destello malicioso. Sonrió. Luego se despidieron deseándose mutuamente prosperidad para el año que estaba a punto de iniciarse.

Víctor Ribera declinó finalmente la invitación de Jesús Samper. Éste le mostró su pesar, al igual que Salvador Blasi y Max Bertrán, que le telefonearon para animarle a asistir a la fiesta.

—Te echaremos a faltar. De todos modos si cambias de opinión ya sabes que mi casa es la tuya —le dijo solemnemente Samper.

Prefería cenar a solas con Ángela, y ella también lo prefería. Tenía sus motivos: debían celebrar que la restauración del cuadro de Orfeo había llegado a su fin. De hecho, Ángela la dio por definitivamente terminada el último día del año, cerrando así una labor que a ella la había absorbido casi por entero y en la que también Víctor se había inmiscuido con intensidad creciente. Orfeo asimismo había participado en un ciclo que ahora parecía concluir. Había entrado en sus vidas cuando las sombras empezaban a proyectarse sobre la ciudad y ahora su escenario estaba recompuesto como, según todas las voluntades, lo estaba también el de ésta. Víctor pensó que no era una simple coincidencia. Un hilo secreto ataba el destino de la ciudad a la incertidumbre de Orfeo: al fondo permanecía, amenazante, el infierno de la memoria guardando una verdad demasiado intolerable.

En el restaurante Ángela le habló, una vez más, de aquel lugar paradisíaco en el que los visitantes cedían a la tentación de quedarse definitivamente. Poseía nuevas informaciones que acrecentaban su fascinación. Para demostrarlo pidió una hoja de papel a un camarero y se puso a dibujar el mapa del país. En él apuntó los nombres de algunas poblaciones y, luego, de montañas y ríos. Víctor quedó sorprendido del conocimiento minucioso de que Ángela hacía gala.

—Creo que tú ya has estado —bromeó.

—No, no he ido. Pero quiero ir. Quiero que vayamos.

—¿Orfeo y Eurídice viajando al paraíso de los vivos?

—¿Por qué no? —dijo Ángela, aceptando el reto.

—Imagínate que pasa como dices y una vez hemos ido a la tierra prometida no queremos volver...

—Es muy sencillo: no volvemos —concluyó Ángela.

Víctor sintió, como tantas veces, que la fuerza de Ángela residía en su capacidad de convicción. Le prometió que muy pronto harían el viaje y, al prometerlo, se dio cuenta de que él también deseaba realizarlo. Deseaba salir, alejarse de la escena en la que estaba atrapado desde hacía demasiado. Nada le impedía viajar, era libre de hacer el equipaje y partir el día que quisiera. Pensó en David cuando, en las aguas del puerto, le aconsejó que se fuera. Que Ángela y él se fueran de la ciudad apestada. Pero entonces un cerco invisible lo prohibía, el mismo cerco que se había ido estrechando alrededor de David hasta acabar por asfixiarlo.

Ahora decían que el cerco se había roto y que la ciudad estaba de nuevo abierta, dispuesta, como siempre lo había estado, a comunicarse con el resto del mundo. Las carreteras, los muelles, el aeropuerto se llenarían de individuos que saldrían para apoderarse de las geografías exteriores. De pronto le retornó una duda infantil y se vio montado en el compartimento de un tren, mirando fijamente a través de la ventanilla mientras pedazos de paisaje circulaban a gran velocidad ante él. Pedazos de mar, de bosques, de campos y, entre ellos, casas y hombres apareciendo y desapareciendo vertiginosamente. O quizá no eran los pedazos de paisaje los que circulaban sino que era él mismo, gracias a ir subido al tren, quien lo hacía. Eso era lo que le decían sus padres, lo que los adultos, burlándose, le aseguraban. Pero durante años él siempre creyó lo contrario.

Al sonar las campanadas de medianoche se originó un cierto revuelo en el restaurante. Hubo abrazos y cantos al tiempo que se levantaban las copas para brindar. Algunos comensales fueron de mesa en mesa saludando efusivamente a sus desconocidos compañeros de celebración. Ángela y Víctor se recordaron mutuamente la promesa del viaje mientras oían que otros, a su alrededor, se comunicaban otras promesas: el nuevo año irrumpía, generoso, como un mensajero cargado de buenas noticias. Nada se decía del año recién gastado, un cadáver ya descompuesto un segundo después de haber expirado. O, tal vez, el proceso de putrefacción se había iniciado mucho antes, al nacer bajo el signo del desastre. Nadie de los allí reunidos parecía dispuesto a dedicar un minuto de su nuevo año para aclarar una duda que, posiblemente, ni tan siquiera les afectaba.

Víctor miró a Ángela. Estaba seguro de que ella no había olvidado. Únicamente había preservado hasta el final su estrategia logrando, en cierto modo, mantenerse al margen. Había hecho bien o, más exactamente, a él le hacía bien al conservar esta actitud: lo alentaba a escapar del túnel oscuro en el que el observador, por persistir temerariamente en su misión, había terminado por caer. Instintivamente Víctor volvió a la imagen infantil del tren. Ahora él era el adulto pero la imagen se reproducía. Quizá nada en el exterior se había movido, y él, al igual que le sucedía cuando era niño, había confundido el movimiento del tren atribuyéndolo al paisaje. Quizá la ciudad había sido la misma de siempre y aquel año, ahora caído del calendario, había sido igual a los transcurridos anteriormente y a los que, en adelante, transcurrirían. De ser así únicamente él se había desplazado, pasando ciegamente de un estado a otro y otorgando al mundo exterior lo que sólo en su interior había en realidad sucedido.

A la salida del restaurante Víctor se obstinó en ir al estudio de Ángela para celebrar, junto al cuadro, el final del trabajo. Antes detuvo su coche en una tienda abierta para comprar una botella de champán. Se alegraba de haber renunciado a la fiesta de Samper y recordó en voz alta algunos de los episodios de la anterior Nochevieja. Ambos rieron, en particular comentando el baile colectivo con que concluyó, el cual, visto a la distancia de un año, aumentaba su dimensión grotesca. Las imágenes retornaban, teñidas de colores brumosos y, con ellas, la serpiente humana compuesta por la mayoría de invitados, enroscándose caóticamente en aquella habitación repleta de espejos.

—No siento haberme perdido las nuevas sorpresas que Samper les habrá preparado —dijo Víctor.

—Yo tampoco —confirmó Ángela—. Pero hubo momentos divertidos.

—Aún estamos a tiempo de ir —le sugirió Víctor.

—Me parece mejor idea que continuemos por nuestra cuenta —zanjó Ángela, dándole un beso.

El cuadro de Orfeo resplandecía como si acabara de salir de las manos de su autor. A pesar de haberlo examinado tantas veces a Víctor le admiró más que nunca el sutil equilibrio conseguido por el pintor y, tal como le ocurrió el primer día, tuvo la impresión de que nada estaba decidido. Era imposible averiguar si Orfeo lograría rescatar a Eurídice. El pintor había dejado la resolución del dilema en manos de los espectadores. Pero él, como ya le sucedió entonces, no se atrevía a decidir. En ningún momento a lo largo de estos meses se había decidido y, sin embargo, siempre tuvo la intuición de que al final, sin saber en razón de qué, se le exigiría decidir.

Miró los ojos de Orfeo que, a su vez, no se apartaban de los de él. Los miró fijamente, persiguiendo indicios a través de los que orientarse. Y, por un instante, le pareció que Orfeo sonreía dando muestras de una lejanísima complicidad. Tal vez era sólo una sugestión e, incluso así, aquella leve percepción le animó a pensar que el infierno perdía posibilidades y que la balanza podía decantarse hacia la salvación. Orfeo, astuto, había ocultado sus recursos secretos y, tras aparentar ser dominado por la oscuridad, estaba en condiciones de acceder a la luz.

La música que había puesto Ángela favorecía

el triunfo de Orfeo. Estuvieron largo tiempo tumbados en un sofá, ante el cuadro, mientras apuraban la botella de champán. Los ruidos de la Nochevieja procedentes de la calle disminuían en intensidad y, cuando hicieron el amor, habían cesado casi por completo. Víctor sintió simultáneamente el cuerpo de Ángela y la mirada de Orfeo, y ambas sensaciones eran cálidas, acogedoras en extremo, complementarias hasta confundirse en un horizonte indefinido. Alguien, Ángela u Orfeo, ambos quizá, la una con su piel, el otro con su mirada, le arrastraron hacia arriba, hacia el mundo de los vivos. Él iba dejando atrás las avenidas vacías de una población deshabitada. Caminaba lentamente, luego más deprisa, corriendo en el último tramo hasta llegar a las murallas de la ciudad. Sabía que al otro lado se extendía el mundo de los vivos. Por fin, a punto de perder el aliento, las puertas de la muralla se abrían de par en par.

Ángela se durmió entre sus brazos. Víctor, por el contrario, permaneció despierto hasta que las primeras luces asomaron por las rendijas de la persiana. De repente tuvo un sobresalto y se levantó precipitadamente. Anduvo tanteando por la habitación a oscuras en busca del interruptor. Después rectificó y se acercó a la ventana. Muy despacio, tratando de no hacer ruido, levantó la persiana para que algunos surcos de luz inundaran la estancia. Impulsivamente se dirigió, de nuevo, hacia el cuadro de Orfeo, bañado por una tenue luminosidad. Tenía la sospecha de que había aparecido en él una grieta finísima, igual a la que Ángela había visto en su sueño. Para cerciorarse recorrió minuciosamente la superficie de la pintura. Repitió varias veces la operación hasta comprobar, con alivio, que su sospecha era infundada. Orfeo le seguía mirando con la sombra de una sonrisa en sus ojos.

Volvió al sofá, cubriéndose con la manta hasta el mentón. A aquellas horas de la mañana el frío se dejaba sentir y experimentó con gozo el retorno a la piel de Ángela. El silencio era absoluto. Un silencio poderoso, tranquilizador, que cubría con su coraza la entera ciudad. Entonces se escuchó el sonido de una sirena que interrumpía el amanecer. Un sonido que se aproximaba, cortante como el filo de una navaja.

Barcelona - Peratallada, verano de 1992

Este libro se acabó de imprimir
en Printer, S.A., Sant Vicenç dels Horts (Barcelona)
en el mes de febrero de 1993